Ma théorie sur les pères et les cosmonautes

PAULINE DESMURS

Ma théorie sur les pères et les cosmonautes

ROMAN

DENOËL

1

Je ne me rappelle plus exactement ce qui s'est passé quand j'ai appris pour Beatriz. Je crois qu'au début j'ai chuchoté : non. Et puis d'un coup j'ai hurlé : non, non, non, non ! J'ai pensé qu'ils s'étaient trompés, que c'était faux. Autour de moi, ils disaient qu'ils comprenaient mais que je ne devais pas crier parce qu'on était dans un endroit avec plein d'autres gens et personne n'avait envie de m'entendre. Ensuite, j'ai eu envie de crier à tout jamais. Jusqu'à ne plus avoir de voix, plus d'air même. Jusqu'à ce que mes poumons se déchirent comme ses poumons à elle. J'aurais gardé juste le droit, et à nous deux on aurait eu une paire de poumons valable, pile ce qu'il faut, un ticket pour continuer la vie. Mais j'ai toujours mes deux poumons intacts.

Il faut dire que je faisais partie des enfants bêtes quand j'étais petit. Je pensais que les pompes funèbres étaient des magasins de chaussures pour les morts. C'est con les enfants quand ils ne savent pas encore. Selon ma théorie, c'était assez sportif, la mort, et ça demandait un matériel adapté. Quand on me disait que les morts allaient au ciel, je les imaginais grimpant sur une échelle. Je m'en foutais des morts des autres puisque je l'avais elle, avec ses poumons, alors je n'envisageais que le côté pratique. En y repensant, c'est vrai que les nuages ne me paraissaient pas assez solides pour y appuyer une échelle. Et puis je connaissais plein de gens qui avaient eu des morts, mais si je fouillais dans ma mémoire, je n'avais pas vu tant d'échelles. Pourtant je me disais que, peut-être, la nuit, les échafaudages se transformaient en échelles pour les morts, qui eux-mêmes ensuite se transformaient en étoiles. Comme celles qu'il y avait sur les manches de mon pyjama, aujourd'hui trop petit. Maintenant je sais. Et je préférais quand j'étais con. C'était quand même plus facile.

2

Cette nuit, j'étais terrifié. Je me suis figé dans mon lit. C'était à cause du froid de l'absence, dont je venais de me rendre compte. Comme si j'avais été transpercé par un grand couteau glacial qui d'un coup m'avait tranché les dernières pensées d'espoir. Quand j'ai saigné des lèvres, j'ai compris que je me mordais trop fort. Comme si je me punissais pour ces couteaux froids venus annoncer que l'absence durerait toujours. Il n'y a sûrement pas tant d'autres enfants qui dorment avec des couteaux froids dans le corps et la tête. C'est le moins qu'on puisse dire pas de chance. J'aurais préféré une peluche à serrer contre moi pour penser à Beatriz. Mais je n'avais que des couteaux froids. J'ai eu envie d'en choper un au vol (aucune main ne tient les couteaux dont je parle, ils sont comme suspendus) et de me trancher le cou avec. C'est vrai, j'ai voulu mourir d'un coup d'un seul. Simplement disparaître : n'être qu'un corps lourd de mort. Finalement, je me suis endormi.

3

On m'a dit : ça va pas bien, Noé, tu es fou là-dedans. Ça va pas de crier comme ça en public, au beau milieu du monde, sans raison? J'ai pensé très fort : on ne crie pas. Beatriz, reviens, reviens vite! Je t'expliquerai en route. Tant pis, on va te chercher une tombe ailleurs. Autour de la fontaine les gens ne veulent pas que tu nages ici pour toujours. C'est peut-être des questions de propriété. Les propriétaires n'aiment pas voir des enfants au pantalon tout retroussé marcher au milieu des fontaines des tas de feuilles mortes dans les mains.

Puisque la fontaine c'était pas possible, je me suis dirigé vers le cimetière. J'ai déambulé dans les allées en shootant dans un caillou. Je m'étais dit : je shoote, et quand j'aurai shooté cinquante-six fois ce sera là, la tombe de Beatriz. C'était pas de chance qu'il y ait déjà ce vieux monsieur juste devant, mais je me suis pas démonté. Il y a plein de place sous la terre; il paraît que la mort ça fait fondre les gens. Alors, au bout de cinquante-six fois, j'ai dit : bonjour là-dedans. Ça signifiait : c'est bon, Beatriz, tu peux venir ici, ce sera celle-là ta tombe, à côté de Claude Helias, comme il y avait écrit sur la stèle. Le vieux monsieur n'a pas compris et m'a dit bonjour.

À moins que lui aussi ait eu l'intention d'inviter ses morts. Mais je ne crois pas ; il semblait être là depuis un petit bout de temps déjà et connaître plutôt bien la dame sur la photo. Je l'ai su à la façon dont il la regardait, avec des yeux pas si mouillés mais qui faisaient comme fouiller l'image. À côté de cette photo, j'ai posé les feuilles que j'avais ramassées. Moi non plus mes yeux ne sont plus si mouillés. Au début, je me retenais de pleurer, mais après je craignais de finir bossu à cause des larmes qui chatouillent dans les vaisseaux et qui se nichent là où elles peuvent. Alors, comme j'ai des ambitions à la grandeur moi, j'ai carrément refait une opération de l'écluse. Oui, quand Beatriz est morte, j'ai replongé dans cette fameuse ère des écluses qui était apparue au temps jadis. Le temps jadis, c'était sept ans plus tôt. Quand j'avais fini par comprendre que le père ne reviendrait pas.

Si la vie m'a appris une chose, c'est qu'on ne peut compter que sur soi. Je m'étais alors nommé commandant général des armées. Mon armée était constituée de mouches, qui pullulaient cet été-là. J'étais aussi assisté d'une Barbie que j'affectionnais alors beaucoup, même s'il lui manquait une jambe. Quand je parlais, les mouches se frottaient les mains, prêtes à se plier à la moindre de mes volontés. Elles me semblaient être les meilleures alliées ; une certitude acquise après une observation minutieuse de plusieurs heures. Je m'étais étonné que de si petites bêtes puissent voler aussi vite. Je me disais : si seulement les humains pouvaient aller à une vitesse pareille, en proportion ! Je les imaginais se rentrant dedans, tout déboussolés d'être si rapides. Et je rigolais, heureux d'avoir découvert la supériorité des mouches, qui restaient pourtant modestes avec leurs yeux rouges comme des alarmes prêtes à hurler au premier de mes ordres. Je méprisais mamie qui, après m'avoir surpris une fois vautré sur le parquet à regarder mes mouches manger, m'avait dit qu'il s'agissait sans aucun doute de la plus répugnante espèce de tout le règne animal. Mais moi, je les gouvernais silencieusement, et j'étais inatteignable. C'était ça, la puissance. Je menais des opérations militaires partout où je le pouvais. Pour vérifier l'état de mes armées, dès que je voyais une mouche, je déposais des morceaux de pêche à côté et ça ne manquait pas : le reste de la troupe rappliquait à chaque fois.

Je devais me montrer exemplaire devant mes soldats toute la journée. Mais la nuit, quand personne ne me voyait et que les mouches étaient au repos, je menais donc des opérations de l'écluse, comme je les avais baptisées. Quand j'enlevais mon uniforme de commandant général des armées pour enfiler mon pyjama, je me laissais aller en secret aux contre-offensives. La nuit, je chialais toute mon âme. Les larmes me roulaient dessus comme des boulets de canon. C'était ça, la guerre.

Cette nuit-là, celle de la mort de Beatriz, je suis en quelque sorte revenu à cette époque d'intensité militaire. Oui, je me suis éclusé corps et âme. Un petit enfant qui se prend pour Dieu auprès de ses mouches. Je n'étais plus si petit et je n'avais plus de soldats mais je me suis éclusé pendant de longues heures. Puis, à un moment, j'ai senti que j'étais tout sec.

4

Le vieux monsieur du cimetière s'appelait Alexandre. Quand il m'a interrogé sur mes feuilles, je lui ai raconté à grands traits l'histoire de Beatriz. Que c'était l'amie de maman, sa meilleure amie, qui était devenue comme une mère pour moi vu que la mienne travaillait. Je lui ai aussi raconté le mois de mars, quand on avait su pour la tache sur la photo, et le mois de mai, quand la tache s'était répandue tout autour, comme me l'avait expliqué maman. C'était un rendez-vous important parce que maman n'était pas allée travailler ce jour-là. Les médecins leur avaient appris à toutes les deux que la tache ne pouvait plus être réduite et que la couleur allait se propager dans les semaines qui suivraient, ou dans les mois si par chance l'encre ne coulait pas trop vite. Beatriz a été très forte mais la tache était bien plus vicieuse.

On aurait dit qu'elles s'étaient mis du coton dans la bouche pour amortir le coup, parce que Beatriz et maman n'ont jamais prononcé le mot « cancer ». Le mot « tache » c'était une sorte de pare-chocs pour raplatir les nodules, qui n'arrêtaient pourtant pas de grossir. Comme je ne voulais pas divulguer mes secret-défense (rapport à la sécurité des troupes), maman et Beatriz n'ont jamais su qu'elles s'adressaient à un garçon qui dans son enfance avait été militaire et avait vécu suffisamment de batailles pour prononcer le mot « cancer ». Mais elles, elles n'avaient jamais été soldates et ça leur faisait trop mal. Alors on taisait le mot qui nous fauchait le moral rien que d'y penser.

La veille du rendez-vous aux taches indélébiles, je m'étais promis de faire la révolution. Un bout de plâtre était tombé du plafond pendant que maman prenait sa douche. Je l'avais entendue s'exclamer de sa voix rauque : « Oh merde, c'est quoi encore ce bourbier ? » Puis elle était sortie de la salle de bains enroulée dans sa serviette, le bout de plâtre orphelin sous le bras, exaspérée : elle allait devoir parler à ce propriétaire qui rechignait toujours à respecter la loi et la méprisait depuis qu'elle avait payé le loyer avec une semaine de retard. Elle s'était fait virer de son boulot aux musées de Paris et avait dû en trouver un nouveau.

C'est une personne exécrable, le propriétaire. Une fois, il est passé avec un réparateur pour faire un devis, les plaques de cuisson n'étant plus aux normes. Comme maman travaillait, c'est Beatriz et moi qui lui avons ouvert. Il ne nous a pas adressé la parole et, quand il a eu maman au téléphone la semaine suivante, il lui a fait comprendre que ça ne lui plaisait pas qu'il y ait deux femmes et un enfant qui vivent ensemble dans son appartement. Comme s'il avait son mot à dire, celui-là.

Alors, quand le plâtre de la salle de bains s'est décroché, j'ai demandé à maman si elle voulait que je le fasse, que j'appelle monsieur Sourat pour lui apprendre pour la douche. Elle m'a remercié et s'en est occupée sur-le-champ.

Après quelques appels en absence, monsieur Sourat a fini par décrocher.

« Olivier Sourat, je vous écoute, il a dit de sa voix de daim.

— Madame Kerbaux, je vous appelle au sujet de l'appartement. »

Maman lui a expliqué pour le plafond qui venait de lui tomber dessus alors que tout était normal aux alentours, pas de tremblement de terre à signaler. Il recevrait dans la matinée une photo dans sa boîte mail. Monsieur Sourat a demandé en retour si on n'était pas un peu trop à prendre des douches dans cet appartement. Maman a exigé qu'il appelle quelqu'un pour réparer le plafond, qui n'était quand même pas beau à voir. Monsieur Sourat a voulu savoir combien de douches l'amie de maman qui n'était pas signalée sur le bail prenait chaque jour. Maman a déclaré qu'elle lui laissait jusqu'à la fin de la journée pour lui annoncer quand viendrait le réparateur.

« Vous êtes têtue, ma petite, il lui a répondu.

— J'espère que ce n'est pas à moi que vous vous adressez de la sorte, a rétorqué maman.

— Elle détruit mon appartement et elle ose s'énerver. »

Maman est restée courtoise.

« J'attends des nouvelles du réparateur. Bonne journée.

— C'est ça, ma petite. »

Et maman a raccroché, noté l'heure de l'appel et pris en photo le plafond et le bout de plâtre qui trônait désormais dans le salon, pour avoir des preuves au cas où.

Après cet échange révoltant, je m'étais dit : aujourd'hui on va renverser ce qui est injuste, tout d'un coup faire la révolution. Pour ça, j'avais préparé une bouteille avec de la pisse à l'intérieur. Je savais que monsieur Sourat n'habitait pas très loin du travail de maman et je comptais aller chez lui pour déverser le contenu de la bouteille dans sa boîte aux lettres. Pour qu'en l'ouvrant il en ait sur ses chaussures – en daim comme sa voix –, et pour que ses lettres avec plein de chiffres pas possibles soient toutes gondolées. Une petite vengeance personnelle, quoi.

Mais, ce jour-là, celui du rendez-vous aux taches indélébiles, je n'ai pas eu le temps de faire la révolution. J'ai senti dès qu'elles sont rentrées, Beatriz et ma mère, qu'il se passait quelque chose de grave. Quand j'ai vu leur mine défaite, j'ai d'abord pensé qu'elles avaient trouvé la bouteille et allaient me demander des explications. Elles avaient l'air triste et en colère et j'ai cru qu'elles étaient déçues. Qu'elles n'avaient pas compris le sens du projet alors que moi je voulais simplement faire savoir à Sourat que, parfois, quand on ne s'y attend pas, le destin nous pisse dessus. Et que ça peut arriver à tout le monde, même à lui avec ses chaussures en daim. Mais ce n'était pas ça. Elles n'en avaient rien à faire de mes bouteilles de pisse et du daim de Sourat maintenant que Beatriz était toute tachée. Quand elles m'ont expliqué la situation, je leur ai dit : « Beatriz, ta tache, c'est pas possible. J'ai vu qu'on avait envoyé une fusée sur Mars pour y chercher des traces de vie. Peut-être qu'on pourrait faire pareil pour ta tache ? Forcément, il y a de la vie dedans, ce n'est pas possible sinon. » Ça m'a tracassé cette histoire.

Le soir de cette journée où la révolution avait avorté, je ne me souviens plus trop de ce qu'il s'est passé dans mon petit cerveau. Je me promenais dans mes rêves, naviguant ainsi à moitié réveillé. Coincé dans ma tête, j'imaginais des cosmonautes qui auraient atterri dans les poumons de Beatriz et planté un drapeau pour dire : c'est bon, on est là, on a ramené la vie. Mais, si vous voulez mon avis, les cosmonautes, ils n'en ont rien à foutre, ces espèces d'égoïstes.

Les soirs suivants, maman et Beatriz ne parlaient pas trop. De mon côté, j'ai essayé de détendre l'atmosphère. Ce n'était pas facile mais j'ai chanté deux ou trois chansons que m'avait apprises Beatriz un bon bout de temps avant. En faisant le clown et des grimaces avec ma tête. Parfois, je me vois dans le miroir et je me dis : c'est fou ce qu'on peut faire avec ses traits. Des têtes fofolles, des têtes nunuches, des têtes qui ne comprennent pas. On se métamorphose en un claquement de gueule. Je crois que je n'aurais pas aimé être beau. C'est trop fragile, trop figé en quelque sorte. On passe son temps à craindre que ça s'abîme, que ça se gâche, toute cette beauté, alors on laisse son visage comme il est et on en oublie de faire des expériences avec sa tête. C'est plus créatif, les têtes de pitre et de bouffon.

5

Il paraît que je ressemble un peu à mon père. Pourtant, ce n'est pas ce que j'ai vu sur les photos que maman m'a montrées un jour. Il avait les yeux marron ; les miens sont verts. Je tiens de maman mes taches de rousseur éparpillées en poussières sur ma figure, douces comme le lait. Lui avait la peau épaisse : sa moustache lui tirait les traits vers le bas. Maman, qui pensait me faire plaisir en me donnant des racines paternelles, a maintenu que nous avions, lui et moi, une expression commune, une façon de lever les yeux avec un air espiègle. Ça ne m'a pas trop plu d'être une branche de cette racine moche et moustachue. C'est à ce moment-là que je me suis entraîné à me défigurer jusqu'au méconnaissable. À froncer les sourcils et à planter mon regard dans celui des autres pour leur faire baisser les yeux. Il était hors de question d'être espiègle comme lui. Moi, j'étais plein de gravité.

6

Quand je suis arrivé au cimetière, la semaine suivante, Alexandre était déjà là. Il vient tous les jeudis, pour observer sa mère. On ne s'est pas dérangés, silencieux qu'on était l'un à côté de l'autre. Moi, de toute mon énergie j'essayais de dire des choses à Beatriz. Qu'elle me manquait mais que je tenais le bon bout parce que je n'ai pas le choix. Je lui demandais si son corps était à présent entièrement taché et si la tache avait enrobé les autres corps près du sien dans sa tombe. Je lui ai dit aussi que maintenant qu'elle n'était plus là c'était bien malin : j'avais beaucoup trop de temps pour penser au vide qui me triturait les tripes.

Alexandre m'a demandé si j'avais un téléphone. À quoi ça aurait servi ? Il n'y a pas de réseau où je veux appeler. Et puis ma mère répète toujours qu'à cause de ces cochonneries un matin dans cinquante ans on se réveillera tous aveugles. Je la crois quand même un peu. C'est pour ça qu'en prévision je scrute tout, pour me rappeler, au cas où. On ne sait jamais. Comme ça, j'espère être plus malin que tout le monde. J'ai l'impression d'avoir une longueur d'avance vu que je sais déjà qu'il faut s'en foutre de pas mal de choses.

À vrai dire, depuis sa mort, j'avais déjà composé quelques fois le numéro de Beatriz. Je savais qu'elle ne répondrait pas mais je voulais entendre sa voix dire après deux secondes de silence : « Bonjour, c'est Beatriz, apparemment je ne suis pas libre dans l'immédiat, mais vous pouvez réessayer plus tard ou m'envoyer un message, et je vous répondrai. Passez une bonne journée. » Je la connaissais par cœur, sa messagerie, et ça m'avait fait triste de me dire que jamais plus elle ne me rappellerait. Pourtant, dans la vie il faut croire. Alors j'avais choisi de lui laisser un message vocal et de lui envoyer un texto. Je lui avais dit : « Beatriz, tu me manques quand même et tu manques à maman. J'aimerais bien que tu me dises si c'est vrai que les morts se transforment en oiseaux. Figure-toi que maman a toujours ton bracelet autour du poignet. Quand elle mourra elle aussi, je me dis que ces bracelets ce sera un peu comme un GPS : vous n'aurez pas trop de mal à vous retrouver dans la grande conscience du ciel. C'est pratique les GPS. Et puis après vous aurez quatre yeux ronds d'oiseau pour me repérer quand ce sera mon tour d'en être un. Je sais que tu vas pas me rappeler mais je ne t'en veux pas. Je te dis à bientôt dans le ciel. » Puis j'avais raccroché, et ça avait été là, la nuit des écluses.

Maman et Beatriz avaient le même bracelet : violet pour maman, comme la couleur du papier peint mais en plus beau, et jaune pissenlit pour Beatriz. Elles les avaient achetés en se regardant très fort. J'en ai même eu des frissons tellement c'était puissant, cette tendresse qui sortait d'elles. C'était un jour où on s'était dit qu'on voulait partir un peu de Paris et de la région. Et puis ça ne m'a pas échappé que quand Beatriz est partie maman a récupéré son bracelet puis lui a passé le sien en échange. Ça lui va bien aussi, le jaune au poignet. Souvent, le matin, quand elle boit son grand bol de café, je la vois triturer son bracelet jaune. Moi aussi, ce jour-là, j'aurais voulu avoir un bracelet pour faire partie de leur jeu. Mais j'avais bien senti à leurs regards que ça aurait abîmé le moment si j'avais réclamé quoi que ce soit.

Le week-end où maman et Beatriz s'étaient acheté les bracelets, nous avions loué un gîte juste une nuit. C'était une toute petite maison avec un vieux banc en pierre à côté de la porte d'entrée. Lors de notre balade, on avait ramassé des fleurs sauvages dont on avait fait une tisane. Comme des sorcières. Je n'arrivais pas à dormir, et quand j'étais descendu me chercher un verre d'eau j'avais vu maman et Beatriz tirer les cartes. Elles avaient trouvé un tarot sur une étagère. Les cartes étaient belles, colorées. Elles avaient été peintes à la main. Ça m'avait perturbé de voir des adultes y accorder du crédit. Je leur avais demandé si elles croyaient vraiment qu'un jeu pouvait prédire le destin. Maman était restée silencieuse et Beatriz m'avait répondu qu'on pouvait écouter ce que nous disaient les cartes sans pour autant s'y fier absolument. Mais que parfois ça pouvait aider à s'orienter. Elle m'avait soudain parlé de quand elle avait été malade, pas des nodules qu'on n'avait pas encore trouvés, mais de l'alcool. Ça m'avait fait bizarre, elle ne parlait jamais de cette période-là. Maman avait continué de se taire. Beatriz m'avait alors raconté qu'à un moment elle avait bu de façon continue, du mauvais vin, n'importe quoi du moment que c'était de l'alcool. Qu'elle ne sentait même plus le goût, qu'elle n'appréciait pas, qu'elle se dégoûtait, mais qu'elle buvait simplement parce que l'absence de sa mère était devenue impossible pour elle.

À cette période, elle ne répondait plus au téléphone, pas même aux appels de maman. Et puis un jour maman était venue lui rendre visite. Ne sachant pas comment l'aider, elle avait essayé de restreindre son accès à l'alcool. Beatriz était d'abord devenue un peu agressive, puis très calme, puis avait déliré. Elle s'était mise à tirer les cartes d'un tarot imaginaire. C'était un jeu ordinaire. Pourtant, elle, elle voyait des personnages s'animer sur les cartes. Une étrange chorégraphie. Maman l'avait regardée et lui avait dit : « Qu'est-ce qu'elles te disent les cartes, ma Bea ? Tu veux que je reste avec toi ? » Beatriz lui avait demandé d'en piocher une. Maman était tombée sur le huit de cœur. Beatriz avait observé la carte silencieusement, l'avait tournée et retournée, puis avait déclaré : « Il est écrit que j'ai besoin d'aide, je suis d'accord pour les soins. » Alors elle s'était servi un dernier verre de vin puis elles étaient allées se coucher toutes les deux. Le lendemain, maman l'avait emmenée aux urgences et quelques jours après Beatriz avait été transférée dans un hôpital adapté.

Cette soirée qu'on avait passée tous les trois au gîte, c'est maman qui s'était occupée de tirer et de lire les cartes de ce véritable jeu de tarot. Elles étaient formelles : nos planètes étaient alignées, le meilleur était à venir. Ce soir-là, on s'était sentis invincibles. Les cartes n'avaient vu ni les taches, ni les métastases, ni les nodules. Ni les cartes ni les astres n'avaient vu pointer le cancer. Et nous, insouciants, entre deux gorgées de tisane froide à l'ortie, on les avait crues.

7

Après la mort de Beatriz, il a tout de suite été question que je m'installe chez ma grand-mère maternelle. Mais j'ai entendu des mots comme « préservation de la stabilité de son environnement » pour dire, en gros, que j'avais déjà perdu un bout conséquent de ma famille et que, peut-être, ce n'était pas tout à fait le moment qu'avec maman on se sépare. Je sais que ça aurait été plus simple, rapport au boulot, et que ça lui aurait fait moins de choses à gérer, mais je crois que ni elle ni moi n'en avions vraiment envie. Alors mamie est venue vivre quelque temps avec nous à la maison.

En rentrant du cimetière, je n'ai trouvé personne : maman travaillait et mamie était partie on ne sait où. Une fois qu'elle est revenue, j'ai pris mon goûter dans un grand silence. Mamie est restée avec moi dans la cuisine. Ses gestes lents faisaient trop de bruit. Ils m'énervaient, ses gestes tout rouillés. Pour l'irriter, je mâchais fort exprès, en faisant claquer ma langue contre le pain. Mais elle est sourde, la vieille, alors je n'ai pas réussi à l'atteindre. Elle m'a demandé si j'avais eu des notes ou des contrôles. Au lieu de répondre, j'ai dégluti super fort pour qu'elle me fasse un commentaire. « Mon chéri, tu manges comme un goret. » Bingo.

On était comme ça, l'un en face de l'autre, sans trop savoir quoi se dire, quand on a entendu la sonnette. « Mon chéri, tu y vas ? » elle m'a dit. J'ai secoué la tête. Elle s'est levée en prenant appui sur la table à cause de la vieillesse et s'est dirigée lentement vers la porte d'entrée. C'était la voisine, Coralie, qui venait prendre de mes nouvelles. Ça l'avait inquiétée l'autre jour de me voir faire le pitre devant le miroir du hall alors que je venais de perdre un être cher. Elle voulait proposer son aide. Mamie a dit qu'elle était là pour quelques jours et que ça irait très bien, puis après avoir refermé la porte elle a maugréé :

« De quoi elle se mêle, celle-là ? Elle savait que vous étiez tous les trois ici, toi, maman et ta nounou ?

— Beatriz n'était pas ma nounou ! T'es bête ou quoi ? »

Mamie m'a donné un coup sur la nuque.

« Tu ne me parles pas comme ça, Noé ! Allez, file faire tes devoirs. On dira à maman que vous avez des voisins trop curieux. Ce ne sont pas leurs affaires, ce qui se passe ici. »

Quand maman est rentrée du travail, mamie l'attendait dans le canapé, et au quart de tour comme on dit elle lui a balancé : « Dis donc, je trouve qu'elle est bien curieuse ta voisine d'en face. C'est l'inconvénient de vivre dans des grandes tours, il y a trop de voisins qui se mêlent. » Maman n'a pas répondu ; elle était déjà dans la cuisine en train de préparer le dîner. Mamie a insisté : « Mon petit, je te parle. » Maman a commencé à couper les courgettes et mamie a continué sa diatribe. Elle a vu qu'il y avait de quoi monologuer pendant un moment alors elle en a profité. Elle a traité maman de ratée. Elle lui a reproché de s'être foutue dans la merde, de pas avoir fini ses études, de s'être prise pour une hippie. Quelle idée de faire un enfant toute seule, quelle idée d'égoïste inconséquente. Maman a sorti les épices : du curry et du poivre. Quelle idée d'avoir repris plus tard les études en parallèle du travail et d'avoir arrêté si près du but pour aider une pauvre alcoolo. Maman a mis les courgettes à cuire. « C'était très prévisible, tout ça », a lancé mamie en montrant l'appartement comme s'il y avait un lien évident entre le papier peint dégueulasse et les nodules dans le poumon. Maman a rajouté de l'huile, histoire que ça ne crame pas, puis elle m'a demandé d'aller dans ma chambre un moment, le temps de faire un dessin. J'ai mis de la musique pour ne pas entendre leurs cris.

8

J'ai arrêté de parler aux autres de ma classe. Je les ignore. Il y en a un, une petite terreur, qui m'a balancé un caillou l'autre jour. J'étais plongé dans ma tête. Je réfléchissais à comment faire pour se comporter en animal et puis comment comprendre les plantes qui ont des tas de choses à nous dire. J'y pense depuis que je laisse traîner mes sens entre les branches des arbres. J'entends bouger des choses vivantes, des choses qui veulent attraper mon regard. Une fois, j'ai entendu un arbre me dire : hé toi écoute stop j'ai mal tu sais si vous continuez à me cerner de cages je vais me crever en mille morceaux.

Moi, je trouve qu'on doit vivre avec les arbres et les animaux, et écouter quand ils ne sont pas contents. Mais les adultes aiment trop dire que c'est faux, qu'à part eux tout est silencieux. Ça leur ferait trop de peine qu'un petit arbre ou un oiseau leur fasse la morale. Moi, je pense aussi que les oiseaux ont un corps transparent et invisible bien plus grand que ce qu'on pense. D'ailleurs, c'est exactement pour cette raison qu'ils volent côte à côte sans se rentrer dedans : ils ont une immense conscience qui est le ciel et ils peuvent circuler dedans à leur guise. Et ils y sont autorisés parce que le ciel leur fait confiance. Ils n'ont pas besoin comme nous de construire des machines en acier hyper solides et de s'y entasser tout attachés pour voyager. Les humains devraient se poser plus de questions sur les zones de turbulence. Pourquoi s'acharner à vaincre la gravité ?

Ça m'a déplongé de mes pensées, le caillou que l'autre m'a lancé. Et ça m'a énervé. J'ai rien dit parce que si j'avais riposté ce serait parti en crise, et j'avais d'autres choses à penser.

C'est surtout depuis les taches de Beatriz que je parle aux arbres et aux animaux. Quand avec maman elles sont revenues de ce rendez-vous de malheur et qu'elles ont utilisé des mots d'enfant pour m'expliquer, j'ai voulu avoir la preuve de ce qu'elles disaient. J'ai insisté, et finalement c'est Beatriz qui m'a montré son IRM après le départ de maman pour le travail. Et je lui ai dit : « Mais la tache, Beatriz, regarde, on dirait un oiseau recroquevillé. Si elle se développe, c'est pour que l'oiseau puisse prendre son envol et migrer à tout jamais loin d'ici. » J'ai essayé de la rassurer avec mon histoire d'oiseau dans le poumon. Mais finalement le volatile n'a pas réussi à sortir à temps. Quand la tache est devenue trop grande, l'oiseau a pris son envol dans Beatriz, et avec ses ailes pleines d'énergie il est monté au ciel en l'emportant comme une grande cage. Depuis, je regarde les oiseaux avec attention et je me demande qui sont les prochaines personnes en qui ils feront leur nid.

Une fois, je suis allé dans une maison de repos où mamie récupérait après une opération de la hanche. À côté d'elle, les autres vieilles ne parlaient pas distinctement. Leur menton tombait comme la gorge des pélicans et des griffes leur avaient poussé au bout des doigts; elles semblaient s'être transformées en oiseaux. La mort est une grande volière. Et nous, les vivants, on comprend mal. On se croit propriétaires de ceux qu'on aime et on se sent dépossédés quand ils meurent. On a l'impression qu'on nous impute des personnes qui ne sont plus là mais si ça se trouve ils volent juste et se sentent plus heureux que jamais. Cette idée rend l'absence un peu moins dure.

9

J'ai été triste aujourd'hui pour Beatriz, c'était l'écluse qui débordait. Dans la rue, j'ai vu une petite fille avec sa maman qui avait un grain de beauté au-dessus du sourcil, exactement comme Beatriz. Puis ça m'a fait penser que Beatriz disait toujours qu'un grain de beauté c'étaient les amis qu'on avait, gravés sur la peau. Et même, celui qu'elle avait au-dessus du sourcil droit, exactement aligné sur l'aile de sa narine si on prenait une équerre qui partait des oreilles, elle disait que c'était le grain de beauté de maman. Quand elle le voyait, elle pensait toujours à elles deux. D'après Beatriz, ce grain de beauté avait grossi avec le temps. Moi, j'ai l'impression qu'il est toujours resté pareil, mais elle n'en démordait pas. À la fin de sa vie, il ressemblait à un bout d'argile tombé du ciel qui serait resté bien accroché là. Un grumeau de beauté mal moulu, greffé sur son visage comme une pièce détachée. Beatriz, elle disait en effet que les humains étaient de petites planètes d'argile. Ils se croisaient, et chaque rencontre modifiait un peu leur orbite. Les grains de beauté, c'était du terreau des autres planètes qui s'infusait sur notre peau aux instants où c'était le plus bouleversant. Il faut dire que moi aussi j'en avais sur la figure, de l'argile planétaire : j'avais un grain derrière les oreilles et quatre dans le cou, comme une constellation. Et pourtant je n'avais pas tant d'amis.

En fin de compte, aujourd'hui j'ai tellement pleuré qu'à un moment je me suis senti noyé : je m'en suis pas tout de suite rendu compte mais je respirais très fort et moi aussi j'étais bloqué des poumons. Dans la rue, une dame s'est arrêtée et m'a demandé si je voulais de l'aide. D'un coup, ça a fait tout blanc dans mon cerveau, j'ai senti toute la flageole dans mes jambes et j'ai eu peur. Je ne sais pas pourquoi, mais ça m'a fait pleurer encore plus et puis je suis parti. J'ai couru jusqu'à la maison et alors mes poumons ont refonctionné. Tout autour, les gens paraissaient surpris de me voir courir en larmes. Les gens s'étonnent toujours quand il est trop tard.

10

« Mon petit, m'a dit mamie, je me suis permis de faire un peu d'ordre. » Tout de suite, j'ai eu un mauvais pressentiment. J'avais posé sur mon bureau un vieux papier écrit de la main de Beatriz, un mot doux tout ce qu'il y a de plus anodin. Depuis la tache sur le poumon, j'avais décidé de garder ce qu'elle avait fait, même les petits mots qu'elle avait laissés dans la maison. J'en avais retrouvé un récemment, tombé derrière mon lit. C'était un petit mot tout simple : *Noé, est-ce que tu pourras appuyer sur le bouton pour lancer la machine à 8h30 ?*

Évidemment, ça n'a pas raté : mamie avait jeté le post-it « sans faire exprès » et j'ai eu la rage au cœur. J'ai voulu l'insulter, lui demander ce qu'elle faisait chez nous, ce qu'elle faisait dans ma chambre à moi, à lire mes post-it et à décider ce qui est jetable ou pas. Je lui ai hurlé : « Surtout tu touches pas à la radio, tu touches à rien ! » J'en avais marre. Heureusement que le reste était rangé dans ma boîte à souvenirs où il y a écrit LA CABOCHE, BOÎTE À SOUVENIRS.

Dans La Caboche, il y a ma Barbie et, dans une enveloppe à part, une mouche que j'avais retrouvée morte. Au départ, je l'avais enterrée. Je lui avais fait une cérémonie au nom de toutes mes autres mouches qui avaient disparu. Puis finalement, pour le souvenir, j'avais déterré l'enveloppe pour la ranger dans ma boîte. L'année dernière, quand on a vu en histoire toutes les commémorations organisées pour les soldats après la guerre, j'ai écrit au Bic bleu sur l'enveloppe : *En l'honneur de la soldate inconnue. Aux mouches mortes pour la patrie, le Général reconnaissant.* Ça m'a fait marrer à l'époque, ma cérémonie de célébration. Mais ce jour-là, j'avais la rage de mamie et la rage de moi-même à me comporter comme un rigolo. Comme si la mort ça pouvait pas vraiment arriver. Comme si la mort ça allait pas me faire morver de partout. Toute l'énergie qu'au temps jadis j'avais mise à m'occuper de mes mouches me ressortait désormais par les trous de nez. Le destin me disait : tu voulais des mouches, en veux-tu en voilà, mouche-toi maintenant, et n'arrête jamais de morver. C'était ça que mamie voulait ? Que la morve de mes mouches disparues me coule sur la tronche et fasse de moi ce général crasseux ayant perdu tout contrôle ?

Heureusement, La Caboche était bien planquée et mamie n'avait pas pu jeter ce qu'il y avait dedans. Parce que sinon ça m'aurait piraté le cerveau, ce qui doit être interdit par la loi. Encore une histoire de propriété, je présume. Après, je l'ai bousculée dans le couloir, « Oups, pas fait exprès », j'ai murmuré. Puis je l'ai ignorée. En attendant que maman rentre, je trépignais. J'ai donc décidé d'aller chercher la voisine, qui avait dit : « Si besoin, pendant la période difficile, je suis là. » Il m'a semblé que c'était suffisamment difficile de se coltiner une vieille qui ne comprend rien à rien et qui se met en tête de déchirer vos souvenirs. J'ai décrété l'état d'urgence dans la maisonnée ; je ne pouvais pas rester avec une personne pareille dans un si petit appart au papier peint si dégueulasse.

Coralie m'a ouvert, un peu surprise. Voix monocorde et yeux tout secs, comme font les adultes, je lui ai expliqué : situation d'urgence pas supportable. « Bien sûr, entre, elle m'a dit. Tu as bien fait de venir. »

Avec sa fille, Charlotte, on a joué ensemble, ça m'a changé les idées. J'ai même rigolé, à vrai dire, avec ses histoires de gamine. On a pris toutes les couvertures du canapé puis avec le gros Scotch marron on en a fixé aux murs pour se faire une cabane. On a préparé du chocolat chaud puis on s'est glissés dans notre abri. Ça me rappelait le bon vieux temps, quand on pique-niquait avec Beatriz assis par terre dans le salon. Charlotte m'a demandé pourquoi j'étais toujours tout seul dans la cour. « Oh, tu sais, je lui ai répondu, mieux vaut être seul que mal accompagné. Et puis je ne suis pas seul, parfois je parle avec les arbres. » Elle a paru étonnée puis, après avoir fait les yeux en l'air comme les gosses qui réfléchissent, elle a voulu que je lui raconte ce que les arbres me disaient. Pour ne trahir personne, je lui ai promis que la prochaine fois elle pourrait toujours venir avec moi et qu'on parlerait aux arbres ensemble. Mais je l'ai tout de suite prévenue : « Attention, ça veut pas dire qu'on est devenus copains. » Les copains, je n'aime pas trop ça, j'ai trop peur que ça se finisse encore par des taches qui brisent le cœur.

C'est maman qui est venue me chercher. Elle avait reçu un petit message de la voisine pour lui dire que j'étais chez elle en sécurité, et qu'elle pouvait passer quand elle voulait. Coralie est directrice d'une école primaire où beaucoup d'enfants ne sont pas français et vivent dans des camps. Le matin même, une petite de huit ans lui avait raconté qu'elle n'avait pas pu dormir de la nuit à cause du bruit des rats qui grouillaient dans les détritus amoncelés près de son lit. Comme toujours, Coralie tâchait de récolter du matériel pour que leur vie soit plus facile. Là, elle cherchait des pièces détachées pour réparer les vieilles caravanes dans lesquelles dormaient ces familles. Si on pouvait mettre des pièces détachées dans les poumons des gens, ce serait bien, j'ai pensé. Maman, elle, a eu l'air désolée. Coralie lui a fait promettre de ne pas hésiter si elle avait encore besoin. Sur le palier, en guise d'explication à mon refuge chez Coralie, j'ai dit à maman : « Tu sais ce qu'elle a fait, mamie ? En rangeant, elle a jeté mon post-it que je voulais cacher dans ma Caboche. Je la hais. Je la déteste. »

Après ma crise de colère, mamie a fait comme si de rien n'était malgré son tri dans mes souvenirs déchirés. Je suis vite allé dans ma chambre pour retourner le sac-poubelle de son grand ménage de printemps. Dans le salon, elle continuait à parler à maman, comme quoi c'était normal que je m'emporte au vu de l'absence d'homme dans cette maison, et puis quelle idée de faire un enfant seule avec un homme volage, ça alors. Bref, heureusement qu'elle, sa mère, était là pour rattraper le coup, remplacer un peu, même si c'était normal que je sois instable. « Volage », c'était le mot pour le père, cet oiseau de mauvais augure. Il n'était pas là mais continuait de nous jeter dessus son ombre lourde comme un Airbus.

Maman n'était pas en mesure de répondre ; c'était elle qui avait appelé à l'aide et elle ne pouvait pas aussitôt se disputer avec mamie. Elle a encaissé, mais à son silence j'entendais qu'elle avait installé comme à son habitude des barricades autour de son cerveau pour ne pas être touchée par ces mots qu'elle connaissait si bien.

À l'époque des certitudes, lorsque j'étais commandant général des armées et que je ne me déplaçais jamais sans ma Barbie unijambiste, j'avais haï ma mère d'avoir laissé le père faire sa vie loin de moi. Puis, au début de l'hiver, mon armée avait cessé d'obéir et je m'étais retrouvé seul avec plus personne à commander. Je m'en étais voulu de ne pas avoir donné de vrais ordres à mes mouches. J'ai compris après coup qu'elles n'en pouvaient plus de se frotter les mains en attendant le brillant complot qui n'arriverait jamais. Dès la dernière semaine de septembre, elles avaient commencé à disparaître, progressivement, et en novembre il n'y avait plus de mouches nulle part. Je n'en avais pas voulu à mes combattantes : elles auraient été braves si je le leur avais ordonné à temps. À la place, j'avais juste arraché l'autre jambe de ma Barbie et gribouillé son visage au marqueur par la même occasion. J'avais pardonné aux mouches et haï ma mère. Elle, elle s'en foutait que le père fasse sa vie sans moi et mes armées. Elle, elle avait Beatriz, qui est arrivée juste après.

Avec mon esprit tout désertique j'aurais même abandonné mes bataillons de mouches si ça avait pu changer la situation. Mais d'un coup je m'étais retrouvé commandant sans armée et sans père. Les mouches avaient disparu; Beatriz était arrivée.

C'était tellement l'amour entre elle et ma mère que ça me dégoûtait. Moi, je pesais trop lourd dans leur bonheur avec mes envies de champ de bataille et ces boulets de canon planqués sous mes paupières. C'est là que j'ai voulu piétiner un peu ce qu'elles avaient dans les yeux quand elles étaient ensemble. Puisque maman ne faisait que travailler et que le père venait de m'arracher comme une affiche soudain devenue répugnante, j'étais encore plein de glu toute fraîche et je me suis collé à Beatriz; on ne s'est plus lâchés. Il y avait dans ses toutes petites mains quelque chose d'aussi majestueux que ce rouge dans les yeux de mes mouches. La majesté que j'avais vue dans mes soldates, je l'ai balancée de mon cœur tout froissé vers Beatriz. Il n'y en avait que pour elle et rien que pour elle. Ma mère, je lui en voulais : du haut de son inépuisable majesté, Beatriz l'aimait au moins autant que moi. Je trouvais ça injuste : vu tout ce que j'avais fait pour mes mouches, je me trouvais bien plus digne de son amour. Ça se méritait, la majesté.

Aujourd'hui, j'ai complètement dépassé ma période mouches, mais on se retrouve que tous les deux avec ma mère. C'est malin de m'être englué comme ça avec Beatriz; elle est partie elle aussi. J'aurais mieux fait de la détester au temps jadis quand j'avais encore le choix et d'attendre le retour des mouches. Comme ça, maman aurait mieux compris ma peine à cause de l'abandon et je lui aurais proposé de devenir lieutenante. À nous deux, on aurait rameuté plus de mouches, toutes les mouches de France, de Navarre et d'Espagne, et on aurait fait du tonnerre au-dessus de la tête des autres, ceux qui ne comprennent pas le bourdon que ça peut foutre, tout ce chagrin.

J'ai espéré que mamie partirait vite de notre maisonnée car sa présence était irritante et m'empêchait de bien penser. J'avais plus d'armée pour proposer à maman d'en être la commandante, mais quand même mamie n'avait pas à parler comme ça à ses camarades de bataille. J'ai même fait une prière. Je ne crois pas en Dieu mais on sait jamais. Près de ma boîte à souvenirs, j'ai allumé une bougie parfumée que j'ai trouvée dans le placard au-dessus des toilettes. À côté, j'ai déposé une feuille sur laquelle j'ai écrit *SVP tout le monde*. (Comme je ne savais pas qui prier, je me suis dit qu'il valait mieux prier large, peut-être bien que dans tout ce monde quelqu'un pourrait m'entendre et m'aider à être un peu plus apaisé dans mon esprit et léger dans ma vie.) J'ai mis mes mains jointes contre ma poitrine et j'ai dit : « Pitié qu'un jour ça aille, sans que je m'en rende compte, que tout soit enfin simple comme pour les autres enfants. » J'ai dit : « SVP tout le monde, pourquoi tu m'abandonnes chaque fois ? » J'ai prié que la présence de mamie ne soit pas un test et que maman ne décide pas finalement de me laisser partir avec elle pour nous simplifier la vie. La bougie s'est éteinte et j'ai dû m'endormir là, sur mon vieux tapis, les mains jointes et tout recroquevillé.

Quand maman est venue me réveiller le lendemain matin, elle a été étonnée. J'ai ouvert les yeux au moment où elle s'apprêtait à ranger la bougie et découvrait le petit mot poliment adressé à tout le monde. J'espère qu'elle a été fière de mon éducation et de voir que j'avais bien pensé à la formule de courtoisie. Elle m'a proposé, si je voulais bien sûr, qu'on aille dans un endroit fait pour la prière. J'avais vu à la quincaillerie un rayon entier avec des bougies désodorisantes et autres papiers d'Arménie, mais elle m'a dit qu'une église pourrait aussi faire l'affaire. Qu'on pourrait prendre le temps d'allumer un cierge pour tout le monde, pour dire s'il vous plaît. Il paraît que dans les églises il faut beaucoup dire merci et je me suis demandé si dans les quincailleries c'était davantage autorisé et moins malpoli de simplement implorer les bougies désodorisantes. Je n'avais pas de merci à adresser au monde. Mais après tout, je me suis dit, personne n'est obligé de savoir quelle formule de politesse j'utilise dans ma prière. Alors si on peut se payer le luxe d'un cierge à l'église ce sera quand même drôlement bien. J'ai pensé ça par rapport à la hauteur sous plafond. Puisque les mots qui demandent un peu d'espoir s'envolent comme des petites bulles, je ne voulais pas être encore dessous quand ils finiraient par exploser. Et je pourrais mieux y croire dans une église.

Une fois sur place, j'ai choisi un cierge très haut, tout neuf, qui pourrait briller un bon moment. J'ai dit dans ma tête avec une voix qui serre les dents : s'il te plaît, s'il te plaît le monde, dis-moi que ça va aller toute cette histoire, j'en ai marre. Je me suis aussi demandé ce que maman murmurait en silence. Comme elle ne pense jamais à elle, je suis quasiment sûr qu'elle a prié pour moi et Beatriz, alors même que Beatriz n'est plus là.

Sur le chemin du retour, maman m'a fait remarquer que les oiseaux étaient en forme. C'est peut-être Dieu qui s'exprimait par le gosier des rossignols. Je n'y avais pas prêté attention, tout embourbé que j'étais dans mes s'il-vous-plaît qui me martelaient encore l'esprit. Elle m'a dit que mamie allait repartir à la fin de la semaine et ça m'a drôlement soulagé de savoir que maman n'envisageait pas de m'éloigner. Je lui ai quand même demandé confirmation.

« Maman, est-ce qu'un jour tu vas nous séparer ?

— Oh, Noé, comment tu peux penser ça ? »

On s'est serrés bien fort et quand on est rentrés mamie avait même préparé une tarte. Alors j'ai dit en vertu de ma gentillesse : « Pas grave pour le post-it, tu pouvais pas savoir. »

11

Quand mamie est enfin partie, ça nous a soulagés de ne plus être que tous les deux, maman et moi. On s'est mis d'accord sur le fait que j'étais grand, et qu'il fallait que je gère des choses tout seul. Ce que je faisais avant avec Beatriz, en somme. C'est depuis le jour de sa mort que je me sens flotter au-dessus de mon corps et que j'agis comme si un autre Noé, un peu somnolent, me dirigeait dans un jeu vidéo.

On a regardé ce qu'il y avait dans le quartier en termes d'activités pour les enfants comme moi. Un centre proposait des ateliers pour faire des films. Je n'avais pas le cœur à ça, m'engager dans un truc, mais j'ai compris qu'il allait bien falloir réduire le vide. On a appelé le centre et j'ai pu avoir une place à l'atelier dans la semaine même.

La veille d'y aller, j'ai retrouvé Alexandre au cimetière et je lui ai expliqué notre rituel avec Beatriz, quand on allait au cinéma d'art et d'essai avec une apostrophe. Je le lui ai précisé parce qu'au début je pensais que « d'essai » ça s'écrivait tout attaché. Vu que dans les films, malheureusement, quelqu'un mourait à chaque fois. Un jour, on était allés voir un film dont je me rappelle très bien le nom : *Le Beau Serge*, de monsieur

Chabrol. Beatriz respectait beaucoup monsieur Chabrol, alors elle ne voulait pas faire comme tout le monde et l'appeler par son prénom. Dans ce film, qui parle de deux copains, il y en a un qui n'arrête pas de rire. Pendant tout le film il rit. Je ne comprenais pas pourquoi, alors Beatriz m'avait montré qu'il riait rouge comme sa bouteille, rouge comme son enfant qui est mort. Il boit, il est alcoolique. Il rit parce que la vie c'est pas trop comme il veut, et le rouge c'est une échappatoire, on pourrait dire. Puis à la fin du film, au bout d'une heure et demie seulement, il rit blanc comme quelque chose de pur, comme le linge qui protège un nouveau-né. Et, sans faire exprès, j'ai dévoilé la fin à Alexandre. « Vous vouliez le voir, peut-être, je lui dit. Tant pis. Il en a fait d'autres, monsieur Chabrol. Vous aurez tout le temps de découvrir ses œuvres. Vous savez, c'est Beatriz qui m'a appris à rire. »

Pourquoi les gens continuent à rire ? Moi aussi, j'aimerais rire parfois. C'est pour ça que j'ai demandé, si jamais monsieur Alexandre avait des blagues, à ce qu'il me les raconte. Mais bon, ça sonnait faux. C'est pas vraiment drôle, les blagues, on passe vite à autre chose. En fait on passe notre vie à être des passants. Des passants à autre chose. Alors qu'on devrait s'arrêter, comme on le fait tous les deux avec Alexandre. S'arrêter devant la tristesse et ce qui ne va pas. Pour ne plus être triste et rire pour de vrai par la suite.

J'ai raconté à Alexandre la fois où on est allés dans un parc d'attractions avec la classe à la fin de l'année dernière. Je rigolais tout seul et trop fort ce jour-là. Je trouvais qu'on était tous cons, je lui ai expliqué. On faisait la queue des heures et on payait la peau du cul, comme aurait dit ma mère. Tout ça pour passer deux minutes la tête à l'envers. Je rigolais et je me disais : il y a des gens qui ont vraiment la tête à l'envers, comme les enfants de l'école de Coralie. Et s'ils ne sont pas aussi contents que nous, comme on l'est sur les photos qu'on achète à la sortie et qui coûtent encore la peau du cul, c'est parce qu'ils ont pas de ceinture de sécurité. Ils passent leur vie à se faire chahuter, sans les attractions et sans ceinture, et d'un coup c'est beaucoup moins drôle. Et peut-être même que leur photo, ils la verront juste en tout petit dans le journal, parce qu'il n'y a pas de place pour tout le monde. Peut-être même que leur photo n'existera pas, parce qu'en fait, tout le monde s'en fout de ceux qui sont chahutés sans ceinture. Et pendant ce temps nous on fait la queue et on s'achète des barbes à papa.

Je n'arrêtais pas de rigoler et bien sûr je m'étais fait gronder. La maîtresse croyait que je me moquais d'elle. Je lui avais dit très sincèrement : « Je ne me moque pas, je trouve juste ça con. » Plus elle m'ordonnait de ne pas dire « con », plus j'avais les épaules secouées par le rire qui ne se calmait pas. Je ne connaissais pas d'autre mot pour la situation. Alors je l'ai répété. « Con. » Finalement, la classe a fait l'attraction sans moi. Les élèves avaient l'air con quand ils passaient devant moi en criant comme des tarés. Et sur les photos c'était pas mieux. J'avais raison.

12

Quand je suis arrivé à l'atelier de films, où il y avait six autres enfants, j'ai immédiatement parlé de ce génie de monsieur Chabrol car c'est ce qu'aurait fait Beatriz. L'animateur, Patrice, m'a dit que j'étais un gamin futé ; ça m'a changé des professeurs, qui ne savent jamais comment s'y prendre et qui finissent toujours par me reprocher d'être de mauvaise volonté. Ça m'a donné un peu la confiance. Patrice nous a montré comment fonctionnaient les caméras. Je voulais en savoir plus et puis je n'avais pas tellement envie de rentrer tout de suite à la maison, alors je suis resté après, histoire de lui poser des questions plus techniques. Il était content de voir qu'un gamin s'intéressait à ses appareils. Il m'a proposé de venir aussi à l'atelier du surlendemain, destiné aux ados qui s'y connaissaient déjà un peu. Impatient à l'idée de fuir mon vide en maniant des caméras, j'ai accepté.

13

Pour une fois, je me suis réveillé avant maman. Mon corps tout entier faisait tic-tac pour me rappeler la date : un mois tout pile qu'elle m'a regardé droit dans les yeux d'une manière qui m'a fait comprendre aussitôt la situation. Je crois que maman aussi s'en est souvenue, parce qu'elle m'a demandé si je voulais qu'on discute de ça, de ce qui nous était arrivé à tous les deux, notre drame. J'ai secoué la tête en me mordant les lèvres et j'ai couru jusqu'au canapé pour enfouir mon crâne dans un coussin : « Non, non, non ! » j'ai crié. Maman ne savait pas trop quoi me dire. Je l'ai senti à comment elle me caressait les cheveux quand elle s'est finalement approchée de moi. J'ai deviné à la pression de sa main qu'elle pensait à autre chose, à Beatriz, à sa Beatriz, et que ce n'était pas le moment d'avoir des mots pour moi. J'ai fini par relever la tête pour pas foutre de la morve partout sur le canapé et je suis resté là, agenouillé avec ma peine que je ne veux toujours pas croire.

Je me demande si Alexandre aussi enfouit sa tête dans son canapé en criant que ça ne peut pas être vrai. Peut-être que lui il a vu le cadavre. Qu'il a vu le cercueil. Qu'il a vu la terre le recouvrant. Moi, je n'ai rien vu de tout ça. Beatriz nous avait annoncé qu'elle s'était occupée de toutes les démarches pour que son corps rejoigne celui de sa mère, quelque part dans les montagnes espagnoles. C'est pour ça qu'ensuite j'avais fait un bouquet de feuilles mortes : j'avais choisi les plus belles et mis du temps à trouver un endroit pour son tombeau, près de nous, dans le quartier. J'avais pris des feuilles fines avec plein de veines, qui me rappelaient le front de Beatriz quand elle rigolait.

Maman, elle, ne pleure pas. Maman ne pleure jamais. Elle a arrêté de fumer le fameux jour où Beatriz est partie et où tout le monde a continué à vivre comme si personne ne savait quel drame venait de se passer. Elle a bu pas mal de café et c'est peut-être ça qui a absorbé ses larmes, parce qu'à aucun moment elle n'a eu besoin de faire l'écluse. Moi, honnêtement, je crois qu'elles étaient amoureuses, maman et Beatriz. Pas la peine de mettre des mots pour comprendre que les bracelets et les histoires c'était un peu de l'amour.

C'était la journée de repos de maman et je ne voulais pas lui peser avec mon chagrin. En rentrant de mes cours, j'ai fait comme si je n'étais pas épuisé. Comme si le poids du monde encore vivant sur ma peau, ça ne m'avait pas crevé. Comme si tout ce qui autour osait encore être en vie, ça ne m'avait pas donné envie de me griffer au sang. Je suis resté calme. Comme une image. En rentrant dans ma chambre avec mon cartable et mon calme docile, j'ai trouvé sur mon bureau un paquet de bougies violettes. Maman avait écrit sur un petit post-it : *Je reviens vite. Je suis partie choisir moi aussi de jolies feuilles pour Bea. Je t'aime, mon ange.* Moi non plus je n'ai pas pleuré. Mon calme n'a pas désobéi. Il faut croire que je l'ai bien éduqué. J'ai allumé une bougie puis, comme maman ne revenait pas, j'en ai disposé deux autres à côté de la première. Elles semblaient dialoguer toutes les trois et former un ballet. La première bougie s'est éteinte et j'ai soufflé les deux autres car mon calme commençait à me titiller le cœur.

14

Je ne sais pas quoi faire de ma rage au bide, de mon vide au cœur, et de mes couteaux dans la tête. C'est ce que j'ai dit à Patrice quand il m'a demandé si ça allait depuis la dernière fois. C'est sorti tout seul et lui m'a tout de suite dit que si je me concentrais sur ce que je pouvais faire avec une caméra, ça m'aiderait à me sortir de ce piège que m'avait tendu la vie sans que je m'en rende compte. « Ça aide à échapper aux traquenards, tu sais, de créer des choses avec tes mains et tes yeux. » Je lui ai parlé en vrac d'une idée que j'avais eue. Comme ça me venait de partout, je lui ai dit que je voulais faire un film pour faire part, faire part de mon chagrin et dire adieu une bonne fois pour toutes, pour que ce soit moi qui aie le droit de décider quand je mettrais le mot « fin ».

Alors j'ai griffonné quelques notes sur mon carnet de cinéaste. *Poser la caméra sur le sol escalader les arbres pour s'approcher des oiseaux et enregistrer les insectes sur les feuilles. Puis reprendre les rires et filmer les tombes. Prendre les images de la tombe de madame Helias avec Alexandre vu de dos et les feuilles de Beatriz.* Ça m'a requinqué un peu, cette perspective.

Dans le groupe du vendredi, le projet était plus conséquent.

Le but était que chacun réalise un film. Les autres étaient sympa. Je veux dire par là que ça ne leur traversait pas l'esprit de me jeter des cailloux, même quand j'étais plongé dans mes idées et que parfois j'oubliais ce qu'il y avait autour. Bien sûr, les choses auxquelles j'ai pensé étaient simples, mais une seule m'obsédait : je voulais réaliser un film sur Beatriz tant que son ambiance flottait encore dans mes sens et dans ma caboche. Ça posait un souci pour le rôle principal, faute de disponibilité de la première personne concernée et faute d'une autre personne pouvant se montrer à sa hauteur.

Même si les autres ne me lançaient pas de cailloux, quand il s'est agi de manier les caméras, ils n'ont pas voulu me laisser faire. Je ne pense pas que ma présence les dérangeait, mais ils ne faisaient pas attention. Pourtant, j'avais un avis sur la question, rapport au fait que, parfois, je prends les images que j'ai dans la tête et, comme si c'était moi l'oiseau, je les parcours dans tous les sens en variant les points de vue. J'aurais voulu leur arracher la caméra des mains, m'enfuir très vite grâce à mon agilité et faire comme bon me semblait. Mais puisque Patrice avait ma confiance je me suis tenu sage.

Comme je restais une fois encore après l'atelier pour approfondir le sujet, Patrice m'a parlé des trous dans le cœur et des films qu'il faisait comme un remède : « Tout se remplit immédiatement sur la vidéo, contrairement au dessin, où il faut procéder par étapes pour agencer le vide. Mais l'erreur serait de s'arrêter là et de croire que, parce que le vide n'est pas apparent, il ne faut rien agencer du tout. » J'ai pas tout compris à son histoire de trous vides mais je lui ai assuré que je partageais largement son point de vue, comme disent les adultes. Patrice m'a demandé si j'avais chez moi une petite caméra que je pourrais utiliser seul. Comme je n'en avais pas, de l'armoire il en a sorti une qui ne servait plus à personne et me l'a confiée. C'est drôlement gentil de croire en moi.

De retour à la maison, je me suis allongé par terre sur le balcon pour regarder le ciel. Je voulais qu'en arrivant maman me cherche un peu puis finisse par me voir et qu'on discute en interprétant la forme des nuages, comme celui juste là qui ressemblait à un mulet. Je voulais qu'elle s'inquiète un instant de ne pas me trouver tout de suite puis se rassure immédiatement de me voir allongé là. J'étais dans ma torpeur quand j'ai enfin reconnu le bruit de son arrivée. Elle cherchait son trousseau dans ses affaires en bordel. Elle a mis un temps à trouver la bonne clé pour rentrer dans l'appartement. À sa façon d'ouvrir la porte, j'ai senti que ça n'avait pas été une bonne journée. Elle s'est avancée d'un pas que je déteste et je l'ai haïe. À peine elle avait franchi le seuil qu'elle a dit : « Ils me font tous chier. Et puis ce papier peint il est dégueulasse on va le changer. » Et c'est ensuite seulement qu'elle m'a demandé comment avait été ma journée. Elle m'avait trouvé avant même de me chercher, avant d'éprouver la moindre inquiétude, et son ton exaspéré a fait disparaître le mulet que je surveillais depuis trois bons quarts d'heure pour qu'il ne s'échappe pas. Je me suis accroupi. Je l'ai fixée pour la transpercer de part en part. Je lui ai dit qu'elle avait qu'à le changer son papier peint, que c'était sa faute les taches indélébiles sur les poumons et que de toute façon j'allais vivre chez mon ami Alexandre et que ce serait bien fait pour elle. Qu'elle avait qu'à rester seule avec son papier peint, de toute façon moi aussi je le trouvais moche. Puis, en criant un petit peu, je me suis réfugié dans ma chambre.

15

Aujourd'hui, en rentrant du collège, j'ai pensé au vide dans mes mains. Vraiment Beatriz manquait. Quand j'étais petit, je me rappelle qu'elle venait me chercher à l'école et me serrait toujours plus fort à l'approche d'un passage piéton. Une fois, elle avait vu un enfant en trottinette qui ne s'était pas arrêté au feu, et la voiture qui arrivait à toute vitesse avait freiné juste à temps pour que les blessures ne soient pas mortelles. Depuis, Beatriz avait très peur du drame. Elle ne me lâchait la main qu'au moment de chercher ses clés. Maintenant qu'il n'y a plus personne dans mes mains, ce serait peut-être plus simple que ça disparaisse, que je les bouffe, ces mains pendantes. Avant-hier, maman m'a fait remarquer que j'avais les ongles tout rongés. J'ai caché mes doigts. J'ai voulu me recroqueviller sur moi-même comme un petit bourgeon pas encore prêt. « Noé, tu es grand, elle m'a sermonné. Les doigts dans la bouche, ce n'est plus de ton âge. Tu arrêtes ça. » OK, chef, à vos ordres, mon capitaine. Puis j'ai craché sur la table pour exprimer mon dégoût. Le crachat l'a décontenancée, l'inspectrice des ongles négligés. La seule chose qu'elle ait comprise à ce moment-là c'est qu'elle ne comprenait rien.

J'ai recommencé à cracher sur la table puis dans mes mains que j'ai plaquées sur ma figure comme pour enlever toute la saleté, pour que mes joues soient inondées de crachat dégueulasse plutôt que de larmes qui me serraient le corps de partout. J'ai vu que ça lui faisait un peu de peine, la crache sur ma tronche. Ça faisait quand même plusieurs années qu'elle essayait de m'éduquer pour que j'aie l'air d'un garçon soigné et propre sur lui. Tant d'efforts d'éducation réduits à néant, ça lui vidait le regard. Elle était toute désemparée, maman. J'ai arrêté mon cirque et je nous ai fait du thé.

Pendant qu'on le remuait dans la tasse pour le faire refroidir, maman m'a demandé si Alexandre existait vraiment. J'ai eu mal qu'elle ne me croie pas, ça m'a même révolté. « Je te crois, Noé, mais tu sais parfois tu pars dans des délires à parler aux arbres et aux animaux alors je me posais simplement la question », elle a ajouté. Ensuite, elle a voulu vérifier que monsieur Alexandre était bien un humain. « Tu crois vraiment que je discuterais avec un poulet qui essaie de s'empêcher de chialer dans un cimetière le jeudi après-midi ? Bien sûr que c'est un humain », je lui ai répondu. Elle m'a dit de faire attention, de ne pas parler à des inconnus, surtout à des hommes, qu'elle préférait que je ne retourne pas là-bas. Et puis ça suffisait les gros mots. On ne dit pas « chialer ». Je me suis brûlé en buvant mon thé trop vite, puis je me suis enfermé dans ma chambre. Je voulais être tranquille pour réfléchir à mon film.

16

« Il a peut-être besoin de voir quelqu'un, cet enfant. » Voilà ce que j'ai entendu dans le haut-parleur du téléphone. « Fragilité psychologique », aussi. C'était la voix de mamie, encore elle. Maman appelle toujours sur haut-parleur, sauf quand c'est des sujets extrêmement graves, ce qui n'arrive pas si souvent. Ça lui permet de faire d'autres choses pendant que les gens parlent et de faire de grands gestes et des grimaces absurdes quand elle n'est pas d'accord avec ce qu'ils racontent. Elle le fait quand je suis là, mais à mon avis elle le fait aussi toute seule. Surtout la moulinette avec sa main droite pour dire : accélère, j'ai déjà plein de choses à gérer. Même si c'est au téléphone, je pense que les gens s'en rendent compte parce que ça tord la voix, les grimaces et les yeux exaspérés révulsés vers le plafond. Elle a une tête de clown, ma mère. Je le garde pour moi parce qu'elle pourrait mal le prendre, mais moi je trouve ça chouette comme compliment. Ça change.

Cette fois, maman n'a pas dit grand-chose. Je l'entendais simplement faire : « Hm hmmh. » Et puis ça a dû trotter dans sa tête parce qu'au dîner elle m'a demandé si j'avais besoin de parler.

« Pas aux arbres ou aux animaux, mais à de vrais humains dont le métier est de t'écouter et de t'aider s'il le faut.

— Je n'ai pas besoin d'aide, je m'écoute très bien tout seul.

— Quand même, ce serait bien », elle a insisté.

Pourtant, je sais que ça coûte cher les oreilles faites exprès pour les chouineries. C'est la loi du monde : il faut de l'argent pour accéder aux sens des autres, à l'écoute, au regard, au goût. Ils te l'offrent mais seulement si tu es déjà un peu friqué. Ils te disent : je te prête mes oreilles, mais que trente minutes, et que si toi tu me donnes soixante-quinze euros. Malgré mon absence d'enthousiasme, maman a pris rendez-vous pour moi. Elle m'a dit que les crises que je faisais en ce moment à cause du vide n'étaient plus possibles et que la psychologie c'était important. Je n'ai pas trop rechigné, si ça peut faire plaisir et soulager la maisonnée. « Mais Maman, toi aussi tu devrais peut-être trouver des oreilles ? » lui ai-je lancé. Elle m'a regardé : « T'occupe, je gère. » Comme d'habitude, elle gère tout.

Le soir, j'ai gambergé dans mon lit. Je me suis dit : si je saute du lit superposé, peut-être que tout se terminera d'un coup. Mais j'ai eu peur de me rater et d'avoir juste extrêmement mal. Et puis quand même, je crois, ça ferait de la peine à maman quand elle entrerait dans ma chambre pour me dire : « Debout, loustic, c'est l'heure de l'école et on va être en retard. »

17

J'ai parlé à Alexandre de ce qui m'avait longuement traversé l'esprit quand j'étais dans mon lit. Il s'est redressé et a tenté de me calmer. En fait, calme, je l'étais déjà, donc il se donnait en quelque sorte du mal pour rien, mais j'ai essayé de garder en tête ses paroles pour plus tard. Si jamais, le soir, l'idée revenait. Il m'a également dit que ça tombait bien, qu'il avait un livre pour moi. Il m'a demandé si j'aimais lire. Moi, j'adorais ça avant, quand Beatriz éteignait la radio et qu'on lisait côte à côte sur le canapé du salon. Mais depuis je ne le fais plus. Cela dit, je voulais bien essayer s'il pensait que ça m'aiderait à faire taire mes idées de chute. Il a dit : « Oui, ça peut. » Alors j'ai pris son livre, un truc avec des photos et un peu de texte quand même sur un train qui s'appelle le Transsibérien. Alexandre m'a prévenu qu'il ne fallait pas faire attention aux ratures en fin d'ouvrage. C'est sa mère, madame Helias, qui les avait faites quand sa raison avait naufragé. Elle avait passé les trente dernières années de sa vie à chercher de façon effrénée une poétesse russe. Apparemment, elle aurait été sa voisine et lui aurait dédié des poèmes à une époque où elle crevait la faim. Après un voyage en Sibérie et un retour sans Marina Tsvetaïeva, morte depuis bien longtemps, madame Helias avait cherché partout dans ce bouquin des traces, des indices. Évidemment, sans succès.

C'est difficile parfois de savoir de quoi meurent les gens. Pour Beatriz, c'était simple. Un cancer des poumons qui lui avait fulguré la vie. Madame Helias, c'était une chorégraphie bancale entre la vieillesse et le délire qui l'avait poussée vers la mort. Un mois avant la fin elle avait cessé de parler de Marina. Elle n'a plus parlé tout court. Puis un soir, juste avant de se coucher, quand Alexandre est monté lui donner ses médicaments, elle lui a dit avec une tête de serpent : « Ah ! Ça y est ! Je t'ai retrouvé, le traître ! Enfin, tu te montres ! Tu es un monstre qui cache son vrai visage ! Héros de pacotille, va ! Collabo ! Je te hais. » Madame Helias a pris son traitement en souriant et elle est morte dans la nuit.

En rentrant, j'ai ouvert le livre d'Alexandre. Les métastases et le nodule me poursuivaient toujours. Sur la première page il y avait de grands espaces avec plein de frontières qui frétillaient comme les Épreuves Fonctionnelles Respiratoires de Beatriz, les EFR, comme on dit chez les intimes. Je l'avais accompagnée une fois voir cette étrange chorégraphie où l'infirmière lui disait en bougeant ses bras de haut en bas : « Respirez, bloquez-bloquez-bloquez, ça y est, vous pouvez respirer. Et on recommence. Vous emplissez vos poumons, vous bloquez puis vous respirez. » Ça avait duré quelques minutes.

Sur la carte, après Krasnoïarsk, la courbe des poumons de Beatriz s'éloignait du normal pour vivre dans un ailleurs. Au fil des semaines, son souffle descendait irrémédiablement vers la Mongolie, puis vers la Chine, malgré les efforts de l'infirmière qui s'échinait pour que ses poumons se remplissent au maximum.

J'ai étudié la carte avec le silence d'un médecin qui découvre un scanner. Puis j'ai proposé à maman qu'on regarde ensemble. Nous avons lu les premières pages avec attention, ça parlait d'un ailleurs de mystères, la Sibérie. Il y avait des photos de train-couchettes. L'une d'elles m'a fait rire parce qu'elle était pleine d'odeurs. C'était un couloir du Transsibérien, pris, j'imagine, de l'extrémité d'un wagon. On voyait les rangées de couchettes et surtout des pieds qui pendouillaient dans le couloir. Ça faisait comme une forêt de pieds et moi je sentais l'odeur, ça me chatouillait les narines de voir ces pieds nus et insouciants dépasser comme si de rien n'était. Sur une autre photo, on voyait une vieille dame à côté d'un grand récipient en métal doté d'un petit robinet. En dessous, il était écrit : *Vera, veilleuse du wagon, près du samovar.* Sur une autre page, il y avait un cliché pris depuis la fenêtre du train. Des gens étaient attachés les uns aux autres au niveau des chevilles par-dessus de grosses bottes conçues spécialement pour le froid. La légende indiquait : *Convoi de prisonniers au cœur de la Sibérie.*

La nuit, j'ai rêvé que moi aussi je pouvais m'enfuir dans un wagon qui traverserait des forêts et des lacs, dans des régions gelées, figées par la glace. J'ai rêvé de la vitesse dansant au milieu des neiges endormies.

Dans mes larmes, il y a la radio de Beatriz, ses grains de beauté, une voie ferrée qui court jusqu'à Vladivostok. Il y a le lac Baïkal tout entier enrobé du chemin de fer. Dans mes larmes, il y a des torrents à décrocher les métastases, à tout dévaster sur leur passage, les nodules et les taches noires. Je pleure de l'essence ; tous mes souvenirs finiront par brûler. Ces larmes, j'espère que ce sont les dernières.

18

Le jour de la première séance, je suis arrivé chez la psychologue plutôt vaillant. Elle s'est présentée et m'a parlé comme si j'étais un peu stupide, ce qui n'est peut-être pas faux mais elle pourrait tout de même faire semblant. Ensuite, elle m'a annoncé qu'on ferait un petit bilan pour voir comment j'allais. C'est là que j'ai été tout vrillé dans ma tête. J'ai d'abord gardé mon silence puis j'ai pleuré, beaucoup, comme si j'avais oublié depuis un petit moment déjà de purger mes écluses. Ça a duré trente minutes : j'ai répondu à ses questions entre deux déluges. Puis je lui ai donné le chèque que maman avait fait. La psychologue m'a décrit le procédé de prise en charge que je n'ai pas bien compris, mais je lui ai promis de dire à ma mère pour le remboursement. De toute façon la psychologue l'appellerait, elle discuterait avec elle d'un suivi plus approfondi. Sans doute ça voulait dire que je n'avais point été à la hauteur de la situation. Merde.

Pour enlever les idées de ma tête, même si c'est très bref, j'aime me contracter le cerveau et arrêter de respirer. « Noé, tu arrêtes ça tout de suite, tu es fou ou quoi ? a crié maman la dernière fois. Arrête de te faire tout bleu, c'est de la folie ! »

Très bien, j'accepte, je suis Noé le fou bleu, j'en peux plus de penser, ça me rend tout douloureux. Ce soir, j'ai recommencé. J'ai contracté tous les canaux en espérant en briser un ou deux. Mon air de défiance a désarmé maman.

« C'est à cause de la psychologue ? Tu veux qu'on appelle mamie ?

— Merci, madame, c'est gentil mais non merci.

— Mais enfin qu'est-ce que je peux faire ?

— Chacun ses problèmes.

— Noé, le monsieur dont tu m'as parlé, Alexandre, tu as son numéro ?

— Non, qu'est-ce que tu crois ? Que je me lie si facilement à des inconnus ? Et à de vieux hommes, en plus ?

— Comment il s'appelle, cet homme ?

— Alexandre Helias. »

Ma mère est partie consulter le vieil ordinateur qui met dix minutes à s'allumer puis m'a appelé de sa chambre. C'était bien lui sur l'écran, en un peu plus jeune, quand il n'avait pas encore de poches sous les yeux.

« Tu le reconnais ?

— C'est lui. C'est Alexandre.

— Tu veux qu'on l'appelle ?

— Je ne veux pas le déranger. Et on n'a que sa photo.

— Non, regarde. Je ne sais pas si son CV est à jour mais il y a un numéro. »

Je suis parti chercher le téléphone fixe dans le salon. Évidemment, personne n'a répondu. À vrai dire, je n'avais plus assez d'énergie pour être déçu alors je me suis juste allongé sur le lit qui était là, celui de ma mère, et je me suis vite endormi.

Le lendemain, maman m'a dit qu'Alexandre Helias avait rappelé peu de temps après et qu'ils avaient discuté une partie de la soirée. Pour ce que j'en pense, ce sont deux êtres solitaires, ils se sont peut-être reconnus par hasard comme un reflet dans le miroir qu'on n'imaginait pas trouver là. Désormais, maman était d'accord pour que je retourne au cimetière et me disait que, si un jour elle réussissait à se libérer plus tôt, après le travail elle viendrait avec moi et elle choisirait en chemin les plus belles feuilles pour qu'on puisse rendre hommage à Beatriz comme il se doit.

19

Alexandre est tout brouillé dans sa tête avec ses questions qui le remuent. Il est né avant la Seconde Guerre mondiale. Il a encore des bribes de bombardements dans les oreilles. Bien sûr, ça l'a marqué de voir son immeuble entier se réfugier dans la cave. Il se rappelle le bras de sa mère au-dessus de sa tête comme l'abri le plus solide. Quand la mort a arrêté de pleuvoir sans cesse, sa mère a essayé de retrouver un ami juif. Alexandre a d'abord pensé que c'était lui son père. Cet ami avait été déporté à l'Est, en Pologne. Quand madame Helias l'a appris, elle est restée mutique plusieurs semaines puis elle a fait jurer à ses deux garçons qu'ils n'oublieraient pas le destin de cet homme, au risque d'être marqués à tout jamais par la honte. Plus tard, Alexandre est allé dans les musées des camps en Pologne. Il m'a décrit les objets dans les vitrines, les cheveux entassés, et deux petites bottes en cuir presque neuves qui avaient dû appartenir à un enfant. J'ai frissonné de tout mon corps.

Un jour, en trifouillant dans de vieux papiers, Alexandre a appris qu'il n'était pas le fils de l'homme qui avait été déporté en Pologne. Les papiers laissaient penser que son père était au contraire un homme gradé qui avait travaillé auprès du Maréchal. Un gradé qui avait réussi à trafiquer des signatures pour rayer des listes madame Helias et les garçons. Alors Alexandre est devenu tout douteux dans ses souvenirs, au point qu'il ne savait plus si dans sa tête les bribes bombardées étaient fiables. Alexandre a questionné madame Helias pour qu'enfin elle lui avoue qui était le père. « Ça ne change rien au cours de l'histoire », elle lui a rétorqué. Ce jour-là, Alexandre a gerbé.

À présent, il est tout bloqué devant la tombe avec ses questions qui ne veulent pas s'estomper. Ça y est. Les points d'interrogation submergent sa figure comme une marée montante. C'est pas beau à voir.

Assis l'un à côté de l'autre, on regardait tous les deux l'épitaphe.

Il en tomba combien dans cet abîme
Béant dans le lointain !
Et je disparaîtrai un jour sans rimes
Du globe, c'est certain.

MARINA TSVETAÏEVA

« Tu sais, m'a confié Alexandre en pointant ces lignes, elle est morte en implorant ceux qui restaient, c'est-à-dire moi pour l'essentiel, de l'aimer encore. À moi qui lui en ai tellement voulu, elle aurait plutôt dû me demander de l'aimer enfin. »

Il faut dire que la mère de Beatriz aussi avait connu les camps, là-bas, plus au sud, près de la frontière avec l'Espagne.

Elle était encore enfant quand sa famille avait fui la guerre civile et le général Franco. Un soir, Beatriz m'a raconté que sa mère leur rappelait toujours ce qu'ils avaient vécu dans son pays, les militaires qui sillonnaient les rues et posaient partout leur empreinte dans la tête des gens. Beatriz ne l'avait jamais quittée. C'est une fois que sa mère est morte qu'elle a commencé à boire beaucoup de vin. Il faut croire qu'il y avait des nodules plein l'héritage puisque c'est aussi un cancer qui avait foutu sous terre la mère de Beatriz. Une fois par an, pendant un mois, le seul moment où elle s'éloignait sans donner trop de nouvelles, Beatriz allait en Espagne, dans le petit village de montagne où était enterrée sa mère. Chaque fois qu'elle en revenait, il lui restait toujours quelques grains de sable sur la langue. Ils mettaient quelques semaines à s'en aller. J'aimais beaucoup cette façon de parler, ça me donnait un peu des frissons. Elle m'avait promis que, quand je serais assez grand pour comprendre tout ce que ça voulait dire, elle m'emmènerait dans ses montagnes. Cette année j'aurais dû y aller je crois. S'il n'y avait pas eu les métastases.

Le jour où Beatriz m'a raconté la fuite de sa mère et leur arrivée chez les Français qui n'aimaient pas les Espagnols, elle m'a fait écouter une chanson. « C'est la chanson qui fait danser les morts et les fantômes », elle m'a dit. Elle a sorti un vieux vinyle, que je n'avais jamais vu. On l'a écouté une fois seulement parce que c'est un peu comme la mémoire qui finit toute rayée, il n'était pas question de l'user. On a dansé tous les deux dans le salon sur une musique qui n'avait pas le temps pour les consonnes. *Porque te vas*, ça disait dans les grandes lignes les pleurs d'une personne qui a le regard matraqué contre la vitre, car l'autre est parti, *porque te vas, porque te vas*.

C'est ça, je crois, que j'aurais souhaité écrire à l'encre vive sur la tombe de Beatriz. J'aurais gravé sur le marbre des mots inusables qui auraient sonné à la fois comme une question et comme une réponse.

20

Patrice m'avait dit la veille qu'on pouvait partir d'images qui existaient déjà pour inventer de belles choses. Alors, pour mon rôle principal, vu que c'est dur de faire jouer les souvenirs, j'ai décidé de chercher des traces sous forme de photos. Il m'a semblé que j'étais prêt et j'ai demandé à maman si par hasard elle n'avait pas des albums. Elle m'a sorti quelques cartons de sous la commode. Il y avait en vrac des images en tout genre. Elle m'a dit de fouiller et que je pouvais toujours poser des questions si besoin. J'ai trouvé une photo de maman et Beatriz jeunes, bras dessus bras dessous, avec une tête pas possible, comme on dit. De véritables clowns. Ça m'a fait rigoler. Sur une autre, maman était juchée sur le dos de Beatriz, qui avait l'air de crier quelque chose entre ses mains. Je pense qu'elle crie : poussez-vous, on arrive et on ne s'arrêtera pas. Beatriz regarde l'appareil bien en face et s'apprête à courir droit devant elle. Derrière, on voit un bout de jambe qui dépasse. Son propriétaire est resté inconnu. Il y avait aussi d'autres photos de maman avec d'autres copains et copines. Mais je préférais celles avec Beatriz. Au dos d'une autre, deux dates avaient été marquées d'une écriture un peu effacée : *1987, soirée chez Philippe*, et *2006, l'amitié de toujours*. Je pense que c'est une photo que Beatriz avait retrouvée dans ses affaires et donnée à maman en 2006. Maman m'a révélé que Philippe était son petit copain de l'époque, qu'elle ne savait pas ce qu'il était devenu mais qu'au moins elle avait gardé ses grandes amies, celles auxquelles on s'accroche en criant à la cantonade : dégagez la piste, on arrive et on ne s'arrêtera plus.

Maman m'a fait une photocopie de l'image et je l'ai rangée bien soigneusement dans ma pochette de cinéaste. On s'est fait un câlin quand elle me l'a tendue. La photocopie avait rendu peau neuve à la photo. Beatriz porte dessus une jupe longue et très haute qui part de sous la poitrine et maman un pantalon et un pull rouge trop larges, et elle a les cheveux tout en pétard. Ça, c'était avant qu'elle soit tout le temps fatiguée à cause des emmerdes qui s'empilent sur l'existence. C'est plus rare maintenant qu'elle ait une tête vraiment heureuse. C'est rare depuis que je suis là et c'est encore pire depuis qu'il n'y a plus que moi, que Beatriz est partie je veux dire.

J'ai scruté jusqu'à tard le reste des photos, et quand je me suis enfin couché le fantôme de Beatriz est venu me rendre visite. Il faut croire que du haut de son ciel elle avait entendu que dans ma tête je priais tout le monde. Nous avons eu une petite conversation tous les deux. Sans maman à côté, sans machines qui faisaient *bip-bip* pour rappeler que l'oxygène c'était grâce à elles, sans infirmier ou infirmière qui passait dans la chambre quand la machine bipait trop. Beatriz est apparue sur mon plafond. On était tout près. Je ne l'ai pas vue tout de suite. Il faut dire qu'il faisait très noir. Quand j'ai discerné ses traits, j'ai compris à sa figure qu'elle m'observait déjà depuis un bout de temps. On ne s'est pas touchés, elle n'était qu'une image et m'enlaçait de ses yeux bruns. « Tu aurais pu m'attendre, quand même, je lui ai dit. Ou me prévenir quand on s'est vus que ce serait la dernière fois. Je sais que tu étais fatiguée, mais tu aurais pu me faire un signe de ta main devenue toute maigre, t'aurais pu me faire une pression particulière pour me dire : "Noé, demain c'est fini." Je me serais arraché le torse pour te donner tout, tout ce que j'avais à l'intérieur, pour que se greffent à toi mes poumons. On aurait partagé. Et puis si j'avais senti du bout de tes doigts que c'était la dernière fois je ne me serais pas lavé. J'aurais arrêté de toucher à quoi que ce soit. J'aurais gardé les doigts écartés pour conserver intacte ton empreinte sur ma peau, ton toucher. »

Beatriz n'a pas parlé tout de suite. Elle m'a d'abord écouté puis a laissé de longues minutes s'écouler avant de me répondre. Elle avait peur, je crois, que je ne finisse pas ce que j'avais à dire, que j'aie l'impression qu'elle ne m'écoutait pas, moi qui aurais eu tant de choses encore à lui raconter. Elle m'a dit de ses grands yeux bruns que, même si elle avait su qu'elle mourrait dans la nuit, elle ne me l'aurait pas dit. Elle aurait fait comme si de rien n'était ; malgré la fatigue malgré les *bip-bip* malgré les médicaments. « Cette fois, je te le dis, c'est la dernière. Tu rêves, Noé, mais ça va aller. Moi, je veille. Je te laisse me faire ton au revoir quand tu seras prêt, quand tu le voudras. »

21

Au déjeuner, maman m'a appris que mon père avait essayé d'appeler. J'ai levé les yeux au ciel et j'ai senti mon cœur frissonner sous mes côtes comme si quelque chose se réveillait, quelque chose que je ne savais même pas endormi. J'ai ramené mes genoux sous mon menton et me suis contracté tout entier. Il avait laissé un message ? Maman m'a répondu qu'il avait juste envoyé un SMS : si je voulais qu'on se rencontre, il se tenait à ma disposition. J'en avais envie mais j'avais peur aussi des gâteaux refroidis comme ceux que je lui cuisinais petit, quand il disait qu'il viendrait, puis que je finissais par manger tout seul parce qu'il ne se pointait jamais. Comment pouvait-on être sûr que cette fois il serait vraiment là ? Je ne voulais pas l'avoir au téléphone directement, alors j'ai dit à maman de lui écrire que j'étais d'accord pour le voir dans un parc, le vendredi de la semaine suivante avant mon atelier au centre culturel. Elle m'a assuré que ça pouvait attendre un moment où je serais plus serein. À vrai dire, je ne crois plus tellement en la sérénité, alors j'ai dit à maman de le rappeler pour lui confirmer la date.

Le soir, j'ai posé des questions à maman. Où elle avait

rencontré le père et s'ils avaient vécu ensemble et si elle était au courant pour sa vraie famille et s'il l'avait prévenue avant de ne plus revenir. Je savais déjà tout mais elle me l'a raconté; elle sentait que j'avais besoin d'être rassuré. À l'époque, elle s'occupait de coordonner les équipes de nettoyage d'un musée de la Ville de Paris. Quand la direction avait changé, les heures supplémentaires n'avaient plus été prises en compte. Alors elle avait décidé de s'organiser avec les collègues pour faire grève. Certains craignaient trop de perdre leur boulot, mais tous les autres avaient grévé avec elle. Ils avaient réussi leur revendication, surtout grâce à ma mère, qui n'avait rien lâché, mais dès que les patrons avaient pu ils l'avaient licenciée pour un motif bidon avec des mots sérieux qui voulaient dire : si tu veux t'organiser et te solidariser contre nous, eh bien va faire ça plus loin. Ça avait été dur ce moment-là, parce qu'on était trois à la maison quand je revenais de l'école avec Beatriz, et même si j'aimais bien comment on discutait ensemble, maman était de mauvaise humeur. Elle n'avait pas encore trouvé son travail à la boulangerie et elle passait son temps à ruminer. Parfois, c'était un peu beaucoup et j'avais plus assez de place pour réfléchir aux choses.

C'est donc dans ce musée qu'elle a rencontré mon père, qui assurait un remplacement, six ans avant la grève. Elle savait dès le départ pour la vraie famille qui n'en était pas encore une, c'était seulement un mariage. Je veux dire par là que les vrais enfants, eux, n'étaient pas nés. Quand je suis arrivé dans le ventre de ma mère, ils étaient tout contents tous les deux. Il lui a promis qu'il quitterait sa femme. J'ai eu le temps de sortir du ventre de ma mère qu'il ne s'était toujours pas décidé. Il est quand même venu à la maternité. Il a choisi mon prénom pour mettre son sceau, petite marque de propriété, et n'est jamais revenu. Rapidement, il a envoyé un message à ma mère : sa femme aussi attendait un enfant, et ce serait quand même moins compliqué de ne pas tout gâcher maintenant qu'elle avait besoin de lui. Ma mère n'a rien dit, elle n'y pouvait rien de toute façon. Le père nous rendait visite de temps en temps, promettant qu'il ferait tout ce qu'il faut pour moi, mais j'étais trop petit à cette époque. J'ai plus vraiment de souvenirs qu'on ait joué ensemble. Puis il n'est plus venu. Et il n'a jamais signé les papiers pour reconnaître qu'un jour il avait dit : je serai là. Il s'est consacré à sa vraie famille et aux vrais papiers et nous, avec la mère, on s'est retrouvés tous les deux. Heureusement Beatriz est très vite arrivée.

J'avoue que je ne comprends pas bien cette histoire de papiers. J'étais un tout petit bébé qui n'avait rien demandé à personne et qui s'en serait bien foutu de ne pas avoir été mis au monde vu qu'il n'aurait pas été là pour le regretter. Inexistant, j'aurais eu je crois comme un sentiment de plénitude. Alors que là je dois gérer le vide dans ma tête, le vide autour, le vide partout. Je dois supporter d'être là alors que... qu'on soit né ou pas ça ne change rien au cours des choses. Et c'est le père qui a dessiné les contours du vide.

Pourtant, sans cet espace trop grand de rien je ne me serais peut-être pas rendu compte que moi non plus je ne suis pas grand-chose. C'est drôle cette histoire. L'année dernière en arts plastiques le professeur a demandé qu'on fasse notre autoportrait. J'ai dessiné un simple rond que je n'ai pas entièrement fermé. Une issue de secours pour que le vide à l'intérieur du rond puisse s'enfuir sans encombre si un jour l'envie lui en prenait. Un camarade de classe qui, lui, s'était dessiné en plusieurs dimensions m'a regardé avec mépris en rigolant bien fort pour que j'entende. Le professeur jetait des coups d'œil sur nos gueules de papier. Il m'a encouragé à continuer le visage mais je lui ai dit que non, mon dessin était fini et que j'étais là : sur ce plat, dans ce blanc. Il m'a demandé : « Tu ne veux pas faire des yeux et des oreilles ? » Moi, je trouvais que les yeux et les oreilles ça changeait tout le temps et que la seule chose qu'on pouvait inscrire sur cette feuille c'était l'espace pour le rien avec tout de même l'issue de secours parce que fallait pas désespérer dans la vie. C'était d'ailleurs pas si désespérant d'avoir conscience du vide, c'était peut-être même plus sage en quelque sorte. Il a paru convaincu sans que j'aie à sortir la corde sensible, comme j'avais dû le faire une autre fois. Ce jour-là, je n'arrivais pas à résoudre un exercice de mathématiques sur la distance entre A et B, et la professeure m'avait accusé de mauvaise foi. Elle m'avait dit que je comprenais très bien mais que je n'y mettais pas du mien. Je lui avais objecté qu'en dépit de toute ma bonne volonté ces histoires de chiffres et de mesures n'avaient aucune incidence sur le réel. Pour lui expliquer ma raison, je lui avais même donné un exemple : « Vous voyez cet arbre, celui avec l'oiseau qui le défend de tout son corps en chantant très fort ? Et le banc, là-bas ? L'arbre est à une certaine distance du banc et la distance entre le banc et l'arbre est la même que celle entre l'arbre et le vent. Dans le monde des vivants c'est différent. Le système de mesure appartient à chaque être vivant et n'a rien d'universel. Par exemple, le père, je pourrais toujours l'appeler papa si jamais j'en avais envie, si je le croisais et que je le reconnaissais entouré de ses vrais enfants. Mais lui, il voudrait sûrement pas. Puisqu'il n'a pas signé les papiers il ne voudrait pas se reconnaître comme mon père. Alors il m'ignorerait. Notre distance ne se mesure pas, nos liens échappent au système des chiffres. »

J'avais senti que c'était bien joué, la corde du sensible, alors elle m'avait laissé tranquille avec ses tableaux à double entrée qui sont du pur délire.

22

J'ai parlé à Alexandre d'une photo qui m'avait marqué dans le grand livre sur le Transsibérien. Je lui ai montré la page. C'étaient des chaussons de danse, pendus par le ruban, figés la pointe dirigée vers le sol, rigides comme s'il y avait encore des pieds musclés à l'intérieur, mais désespérément vides. Est-ce qu'il se rappelait cette photo ? Est-ce qu'il savait pourquoi elle pouvait me rendre si triste ?

« Tiens, il m'a dit, ça ne m'étonne pas que cette photo t'ait attiré, moi aussi je m'en souviens. Tu sais, je suis souvent ému par les chaussures peu portées. Un jour, avec ma mère, on est allés à Auschwitz, en Pologne. Pour la mémoire, pour voir ce qu'il reste de l'horreur. J'ai été frappé par les vitrines où s'amoncelaient les vêtements des personnes qui étaient passées par là. Je me rappelle avoir pleuré devant une paire de toutes petites chaussures. Elles étaient neuves. Bien sûr, le cuir avait vieilli avec le temps, mais il n'était pas ridé comme celui des chaussures qu'on a souvent portées. Les chaussons dont tu me parles sont à Perm, je crois. »

En Russie, il n'y a plus de traces de leurs camps à eux, m'a expliqué Alexandre. La mémoire se désagrège un peu plus chaque hiver. Les barbelés disparaissent avec les morts et bientôt on ne saura plus rien de ce qui s'est déroulé. Mais il reste un camp qu'on peut visiter, pas loin de Perm. Le photographe du livre raconte son périple pour y arriver et en revenir. C'est là qu'il découvre les chaussons suspendus par les rubans, tendus comme ces vies qui se sont arrêtées à cet endroit. Il photographie aussi le livre d'or avec des commentaires épars, à peine quelques-uns par semaine. On se demande pour qui écrivent ceux qui passent par là.

« Quand ce camp fermera, quand on aura piraté toutes les artères de la mémoire, alors l'histoire recommencera. L'histoire se répète toujours quand les yeux s'en détournent », m'a dit Alexandre. Dans le livre, l'auteur raconte qu'il a dû faire du stop pour revenir du camp. Qu'un inconnu les a pris dans sa vieille bagnole, lui et ses trois compagnons de route. Il était 11 heures du matin. Bourré et sans ceinture, le chauffeur se vantait d'accélérer alors qu'ils étaient sept dans l'habitacle, parce que le monsieur avait une femme et un enfant qui s'étaient tassés à l'avant pour que les quatre voyageurs puissent rentrer sur la banquette arrière : « Vous ne pouvez pas faire ça en Europe, hein, boire au volant sans ceinture ? Ah, l'Europe », et il rigolait.

23

Madame Helias avait vite sombré dans la folie. Alexandre n'avait que douze ans quand pour la première fois elle avait collé des annonces sur tous les lampadaires du quartier. *Alerte disparition : si vous voyez Marina, contactez-moi au plus vite.* Madame Helias n'avait plus qu'une idée dans sa tête toute têtue : retrouver une poétesse que soi-disant elle avait connue dans son enfance en Vendée. Elle en était persuadée : Marina Tsvetaïeva avait logé tout un été chez ses parents, un couple de pêcheurs qui vivait de la sardine. Quand madame Helias lui apportait du thé, Marina racontait, dans un français parfait, la Révolution, qu'elle avait fuie, son exil, la solitude. Une fois, madame Helias avait vu Marina pleurer et s'emporter comme un fleuve ou un volcan qui déborde et détruit tout. Puis un jour elle était partie à Paris. C'est en tout cas ce qu'avait prétendu madame Helias toute sa vie. Et Alexandre ne savait pas démêler le vrai du faux.

En vieillissant, madame Helias avait continué de s'obstiner : elle était retournée dans les quartiers de Meudon et de Vanves où Marina avait vécu par la suite. Mais aucun commerçant n'avait jamais croisé la poétesse, aucun clochard ne l'avait vue se promener la nuit. Marina avait vécu incognito. « Heureusement que je suis là pour savoir », répétait sans cesse madame Helias.

Ça les rendait tristes, Alexandre et son frère, l'obsession de leur mère pour une morte. Puis le frère était parti aux States parce que, quitte à être loin du cœur, autant être aussi loin des yeux. Alexandre espérait qu'en restant docile, tout proche de sa mère, il obtiendrait un jour les réponses tant attendues. C'est pour ça qu'il avait voulu briller, être le fils parfait, pour qu'enfin elle le voie parmi les débris d'histoires grises qu'elle inventait à tout bout de champ. Il avait appris le russe et était devenu docteur en poésie. Je doute que ses poèmes auraient pu expulser les nodules de Beatriz, mais être docteur c'était tout de même un sacré titre. Le jour où Alexandre avait soutenu les sept cents pages de sa recherche, sa mère n'était même pas venue. Elle en était persuadée : c'était le jour que Marina choisirait pour sonner à sa porte et venir boire un thé. Alexandre avait été félicité par le jury, et madame Helias avait bu son thé seule.

Alexandre m'a demandé si j'avais des frères et sœurs. Je lui ai expliqué pour la vraie famille que je ne connaissais pas, puisque j'étais seulement l'ombre d'un papier jamais signé et l'odeur d'un gâteau froid. Je crois qu'Alexandre a été un peu désarçonné car il n'a jamais terminé la phrase qu'il avait commencée pour me répondre. Mais moi je trouvais que c'était mieux d'être peinard.

« Tu sais, j'aime bien ce mot, peinard, je lui ai dit. Il me donne l'impression d'être tout seul tranquille avec ma peine, quoi, et je crois que c'est super, ça me fait mieux réfléchir. »

24

Lors de ma deuxième séance avec madame-la-docteure-en-psychologie-de-l'enfance, nous avons discuté calmement, sans rien écluser. J'ai observé les murs de son bureau, il y avait des posters de vieux films et des taches noires dans des cadres. Encadrer des taches, on n'a pas idée ! Je m'attendais à ce qu'elle me demande ce que représentent ces taches mais elle ne l'a pas fait. C'était peut-être écrit sur mes rétines que partout autour de moi je voyais des métastases. À la place, la psychologue m'a demandé ce que je dirais à mon père s'il se trouvait dans ce bureau avec nous. Je lui dirais : bonjour monsieur, je ne vous connais pas et je ne m'adresse pas aux inconnus. Ma mère m'a toujours conseillé de ne pas parler aux inconnus, surtout aux hommes vieux. Ensuite, je garderais mon silence et ma tête bien haute et j'attendrais qu'il galère à côté de moi à essayer de rattraper l'irrattrapable. Peut-être qu'il s'en foutrait d'avoir loupé tout ça, d'avoir loupé tout moi, d'avoir choisi sa vraie famille, ses vrais enfants, ceux pour qui il avait signé le papier confirmant : je reconnais, je suis leur père. C'est n'importe quoi cette histoire. Ça m'a fait froid dans le dos de me dire qu'à tout moment cette personne, cette personne de rien du tout, pouvait aller à la mairie et signer un papier pour reconnaître qu'il était mon père alors que je ne veux pas être reconnu par lui. J'aurais plutôt envie de cogner sur son crâne : c'est trop tard, tu as manqué ta chance, je suis incognito de toi et je proclame que seules maman et feu Beatriz sont ma famille.

Feu la morte. Pourquoi la mort est associée au feu ? Ce n'est pas du tout logique. Air Beatriz avec ses allures d'oiseau qui sillonne désormais le ciel, je préfère.

La psychologue a voulu que je lui parle de mes souvenirs, et surtout du plus lointain. C'était une question difficile. Mes souvenirs lointains sont aussi ceux auxquels je pense le plus souvent, ce qui les rend très récents. Tout dépend de l'élasticité de la mémoire. J'ai des souvenirs qui se barricadent. Je crois que le but était que je cherche ceux qui traînaient à l'autre bout de la piste, endormis sur la ligne de départ. « Vous en posez des questions pièges », je lui ai dit.

Je lui ai parlé des années où j'avais été le plus heureux mais où je n'étais pas au courant parce qu'on ne m'avait pas prévenu qu'après ce serait moins bien, ce qui est dommage. Elle m'a demandé comment je voyais le futur. Comme je savais pas trop quoi répondre, elle m'a proposé, si c'était plus simple pour moi, de faire un dessin. J'ai dessiné la lune, puis des fils et des personnes qui tiraient les fils.

« Qu'est-ce que ça représente ? elle m'a demandé.

— Ils sont en train de tracter la lune pour ramener de force les cosmonautes », j'ai répondu, étonné qu'elle ne comprenne pas ce qui était pourtant évident.

J'ai donc dû lui expliquer ma théorie sur les pères et les cosmonautes. Si mon père revenait comme si de rien n'était, je lui rirais à la gueule et lui dirais que ses copains cosmonautes feraient mieux de privilégier le silence aux envolées prometteuses. Et je dirais à tous les autres, à ceux qui demandent quel métier il fait ton père, qu'est-ce que t'as prévu pour la fête des pères, et ton père tu crois qu'il serait fier de toi, qu'on peut bien vivre sans eux, ces diables de cosmonautes. Ça ne sert à rien de sacraliser les absents. Je me suis juré que jamais je ne ferais de promesses aux autres pour qu'ils espèrent sur du rien, que jamais je ne commettrais d'abandon. Je me suis dit : Noé, tu es responsable de garder les pieds sur Terre, ou à la rigueur dans les branches d'arbre, mais pas plus haut. Il ne faut pas céder aux appels incessants de l'ailleurs, qui promettent de dominer la Terre mais finissent par te plonger dans une tristesse sans fin, sans lien sans larmes, sans rien sans armes autres qu'une armure commune et lisse de cosmonaute.

Puis d'autres souvenirs me sont revenus. Une fois, Beatriz m'a dit qu'elle regrettait qu'on ne puisse pas pirater les haut-parleurs de la ville pour faire passer des messages sympathiques. J'aurais voulu que ça existe pour hurler aux adultes qu'il fallait arrêter de poser des questions polies d'imbécile. Ça m'énervait, ça. Que les gens, même quand ils savaient pour Beatriz, me demandent si ça allait. Je me sentais bloqué dans une impasse, qu'est-ce que je pouvais bien répondre ? La question était trop étroite pour ma vérité. Alors je répondais poliment : ça va, et vous, madame ? Il fait beau ce matin, ça va.

La psychologue a longuement hoché la tête et m'a demandé ce que je pensais de nos rencontres, si je voulais qu'on continue. Pourquoi pas, je me suis dit, si mes petites histoires vous font plaisir, si vous aimez mes dialogues avec les absents et mes tractages lunaires, si ça vous fait plaisir, ça me fait plaisir également. J'ai le cœur sur la main, je sais, Madame, allez voilà le chèque.

25

Je navigue seul sur ma gondole au milieu de mes écluses, à faire des grimaces et des têtes de pitre pour moins penser au siège libre qui me fait face sur mon embarcation biscornue. Je pense à mon film. J'ai la gueule comme ma gondole, de traviole et lourde de vide. J'attends de pouvoir manier la caméra et m'extraire de mon chagrin pour ordonner ma peine sur un écran. Comme j'en avais marre d'attendre rempli à ras bord de cette tristesse qui me gondolait l'âme, je suis arrivé en avance au centre culturel pour l'atelier ados. Patrice est apparu peu après moi. Avant que les autres arrivent, on a regardé un extrait du film de monsieur Chabrol dont je lui avais bassiné les oreilles la semaine précédente. C'était gentil de sa part d'avoir pensé à moi. Ça m'a fait plaisir. On s'est arrêtés sur quelques plans. Patrice m'a posé des questions précises. Qu'est-ce qui fonctionnait ? Pourquoi le réalisateur avait choisi de filmer sous cet angle ? Qu'est-ce que ça voulait dire de laisser un petit moment sans trop de bruit ? Je sentais bouillonner en moi un mélange d'hypothèses et de théories sur le pourquoi du comment et je me suis emballé dans ma réponse, faisant de grands gestes pour illustrer mon propos. Patrice m'a ébouriffé la tête. « Tu as l'esprit bien fait, il m'a dit. Bravo bonhomme. Si tu continues à observer et à poser des questions, toi aussi tu pourras devenir un grand cinéaste. » Il me regardait en même temps avec des yeux étonnés et avec plein de certitude. C'était la première fois, je crois, que ça m'arrivait. J'étais un peu troublé alors j'ai souri puis j'ai tiré la langue en écarquillant les yeux et en disant : « À nous deux, mon cher Chabrol. » Puis on a décortiqué les images que j'avais tournées pour voir un peu ce que ça pourrait donner, tout mon tintouin. En fait on a eu deux heures pour ça puisque personne n'est arrivé. Les trois zigotos qui me servaient de camarades avaient dû oublier.

À la fin de la séance, quand j'ai proposé à Patrice de regarder une autre scène de film, il m'a demandé si à ce rythme je ne finirais pas par en avoir marre de ce monsieur Chabrol. Je n'ai pas répondu ; je cherchais déjà une autre scène que je voulais lui montrer, d'un autre film. « Ah, m'a dit Patrice, *Cría cuervos*. Je connais. » C'était la scène où Ana lance le vinyle et où ses sœurs se mettent à danser. Dans la vidéo elles se balançaient en rythme sur *Porque te vas* et moi aussi, par solidarité dans mon deuil, je balançais la tête comme un pendule. J'ai même lâché deux trois larmes. J'aurais bien aimé moi aussi avoir des frères et sœurs pour faire passer le chagrin en dansant.

26

Aujourd'hui, j'ai fini par riposter. Mes limites diplomatiques ont été franchies, comme on dit. Victor s'est approché de moi pour me lancer un caillou, son jeu favori quand je pense à d'autres choses que des jeux de gamin. Je l'ai vu venir parce que même s'il se croit le plus malin il n'a aucune discrétion à cause de ses chaussures dégueu qui raclent par terre. Je l'ai entendu, je me suis retourné et j'ai détesté sa tête, son visage de morveux, ses cheveux bouclés qui lui donnent un air d'ange. Je l'ai détesté avec une intensité que je n'avais encore jamais ressentie. C'est venu du bide et ça a débordé partout. Je lui ai sauté dessus et lui ai mordu l'oreille, mal cachée sous ses bouclettes d'enfant. Il a poussé un cri aigu de gamin apeuré qui n'a pas l'habitude que les gens le détestent. Un surveillant qui traînait par là est intervenu pour lui porter secours : « Mon pauvre, viens là. Et toi tu t'éloignes immédiatement et tu files chez le proviseur, ce ne sont pas des façons de se comporter, attends-toi à recevoir une sacrée punition. » Évidemment, je suis allé chez le proviseur escorté par un autre surveillant. Ils avaient peur que je prenne la fuite sinon. « Comment ça se passe à la maison ? » il m'a demandé quand je lui ai expliqué que j'en avais ras le bol et que j'étais fatigué et qu'il avait qu'à me punir si ça lui chantait. À sa façon de me regarder j'ai senti tout d'un coup que ma tête n'était pas bon signe. J'ai essayé de parler mais il y avait trop à dire pour combler tout ce qu'il me manquait. J'ai seulement répété : « Je suis très fatigué. » Ça l'a convaincu. J'ai juste dû écrire un mot d'excuses à Victor, que je n'ai même pas balancé pour ses cailloux, ce petit morveux pourri.

27

Quand j'ai rejoint Alexandre, Beatriz et madame Helias au cimetière, je leur ai annoncé que moi je croyais un truc. Alexandre a été le seul à me répondre.

« Qu'est-ce que tu crois, toi ?

— Personne ne peut rien contre nous si on rigole tous. Par exemple, monsieur Sourat, notre propriétaire, il attend qu'on pleure, qu'on trépigne, qu'on lui parle avec du miel dans la voix et dans les yeux pour qu'il nous accorde du temps pour payer. Mais la seule façon de montrer qu'on n'est pas content c'est de trouver une autre manière de le dire, une manière que les gens n'attendent pas. Si on rigole très fort, son autorité elle en prendra un coup, il sera déstabilisé, il ne comprendra plus rien. Tu vois, j'ai un copain à l'école, Matéo, c'est pareil. Son père, il est en manifestation tous les week-ends avec les gilets jaunes. Un jour il est rentré avec le tibia tout ouvert parce qu'il s'était pris un coup de matraque. J'ai dit à Matéo que ça ne servait à rien de sortir et de crier si ça ne changeait rien pour personne parce que tout le monde était habitué. Ça ne sert pas à grand-chose si ça ne dérange plus. Juste les gens ne prennent pas le métro puisqu'il reste bloqué, et on sait que le samedi ou le dimanche après la manif les policiers et les gens de la manifestation ne compteront pas pareil, et on s'habitue à ces chiffres élastiques et personne ne s'étonne, et même personne ne se rappelle pourquoi les gens sont venus crier.

« En fait, pour qu'on s'en souvienne, il faut occuper l'espace autrement avec les voix. Il faudrait des haut-parleurs partout pour retransmettre les cris et les slogans des gens qui sortent dans la rue parce qu'ils en ont marre et que c'est trop dur. T'imagines, Alexandre, si on se postait tous devant l'endroit où ils votent les lois et qu'on n'arrêtait pas de rigoler ? Là ils comprendraient qu'on les prend pas au sérieux. Et ce serait eux, en face, qui devraient s'énerver, sortir d'eux-mêmes. Ils diraient : stop, arrêtez de rigoler. Et nous on pourrait pas, alors ils crieraient plus fort et on serait bien contents que ce soit leur tour d'être traversés de rage. Nous on jouirait entre pas contents. Il faut pas rentrer dans leur jeu de gens sérieux, il faut déplacer les contestations sans s'arrêter de rigoler. T'imagines, Alexandre, si des centaines de personnes (selon la police) et des milliers (selon les rigoleurs) se bidonnaient devant le parlement pendant des jours et des nuits ? Ça ferait comme un battement de cœur de la révolte et des pas contents, de ceux qui n'en peuvent plus. Et puis s'il y avait d'autres tibias ouverts ou yeux crevés ce serait encore pire, ça montrerait comment c'est absurde et comment c'est pas juste la police qui frappe sur les gens. »

Après j'ai demandé à Alexandre ce qu'il pensait de la démocratie. On avait vu ça au collège. Vu mon manque d'énergie et les conflits qui éclataient avec le prof d'éducation civique quand je donnais mon opinion, je ne l'avais pas ramenée. Mais j'avais trouvé ça bizarre qu'on foute des voix dans des enveloppes. Comment peut-on les entendre, si on les enferme dans des murs de papier ? Il me semblait qu'il vaudrait mieux une chaîne de radio pour toutes nos voix, une chaîne en continu, un numéro à appeler n'importe quand pour dire ce qu'on voulait. Et que n'importe qui pourrait écouter. Là, nos voix auraient eu une certaine valeur. Moi, perso, j'appellerais la radio pour dire à la France, à la Navarre et à l'Espagne toute ma peine concernant Beatriz, et que tout le monde arrête de demander aux gosses ce que leur père et leur mère font dans la vie. C'est saoulant à la fin. Moi, je n'ai pas d'espace pour répondre à ça. Sauf que ce numéro n'existe pas, et tout ce qui m'attend dans six ans c'est un isoloir.

Comme Alexandre riait, je lui ai dit que je n'étais pas contre les isoloirs mais qu'il fallait aussi des pièces communes, des radios pour tout le monde, pour qu'on se voie et qu'on s'entende tous ensemble. C'était une mascarade que d'aplatir nos voix sur un quart de bout de papier une fois tous les cinq ans. Alexandre me regardait de ses yeux de vieux. « Eh beh dis donc, avec toi on tient un bon petit bout de révolutionnaire, il s'est écrié. Tu finiras sur les barricades, toi. »

À vrai dire, je ne suis jamais allé en manifestation. Maman, elle, elle a arrêté après avoir été licenciée parce que ça faisait trop en plus de devoir me gérer. Elle a eu la fatigue des barricades. Moi, je ne connaissais des manifestations que ce que m'en racontait Matéo, surtout depuis la fracture de son père. Ça l'a beaucoup choqué cette histoire.

Je me souviens qu'un jour, il y a deux trois ans, Beatriz est rentrée de la messe avec des barricades plein la tête. Moi, je l'accompagnais rarement à l'église parce que les chants insistaient trop sur les voyelles et ça m'ennuyait. Ce dimanche-là, elle est revenue très en colère, outrée même. À la fin de la messe, une paroissienne était montée sur l'estrade pour haranguer la foule et inviter tous ceux qui le souhaitaient à manifester. Beatriz avait mis quelques minutes à comprendre, mais au fur et à mesure que la paroissienne, bonne chrétienne et pilier de la vie communautaire, lisait le petit texte qu'elle avait préparé, les choses devenaient limpides : la femme appelait au rassemblement, à la constitution d'un cortège pour partir tous ensemble, dans un élan de communion chrétienne, rejoindre la grande manifestation de ceux qui pensaient qu'une famille c'était le père la mère le Saint-Esprit et rien d'autre. Beatriz n'avait pas trop parlé le reste de la journée, et quand elle avait enfin pu encaisser le choc provoqué par l'amour du prochain, elle nous avait expliqué ce qu'il s'était passé. Maman lui avait tenu la main en disant qu'il devait bien y avoir un moyen de croire en Dieu autrement. Ensuite elles ont beaucoup parlé de ces questions de mariage, et à la fin de l'année elles m'ont emmené pour qu'on défile à notre tour, nous et nos fiertés familiales. Beatriz avait simplement écrit sur sa pancarte : L'AMOUR.

Comme la pancarte est restée longtemps à la cave, le soir en rentrant de mon rendez-vous avec Alexandre, Beatriz et madame Helias, j'ai demandé à maman si on pouvait l'afficher dans le salon et on l'a installée tous les deux sur une étagère. Elle a de la gueule, notre étagère. Pourtant, malgré l'amour qui respirait partout chez moi, mon Dieu comme j'étais triste. Je couvais une tristesse qui se passait de larmes. Plus que triste, j'étais devenu la tristesse même. Le fleuve et les écluses se sont transformés en eau stagnante. Et l'eau qui stagne ça moisit.

Après, j'ai encore pensé au lit superposé en me disant que je ne le ferais pas, mais quand même l'idée était là, plantée dans ma tête. Je n'arrivais pas à la faire partir. Le seul moyen de m'en débarrasser, c'était d'essayer, peut-être, de sauter et de voir ce qui se passerait. Je me suis accroupi sur mon lit. J'ai évalué la hauteur et je me suis dit : si j'y vais la tête la première et que j'ai pas les chocottes, si simplement je me laisse tomber d'un coup ça devrait marcher. Je me suis installé mais soudain je me suis dit : non, c'est pas possible. Faut que je m'acharne dans la vie faut que cette idée déchausse de mon cerveau nom de Dieu ça prend trop de place !

28

Mon radioréveil m'a sorti d'un cauchemar en annonçant qu'on était le jeudi 12 avril, journée des cosmonautes. Bonne fête, papa. Après j'y ai réfléchi toute la journée. Si ça se trouve, j'ai pensé, il fera son apparition et en sortant du collège je le trouverai là, en avance sur notre rendez-vous de la fin de la semaine pour me faire une surprise. Et puis peut-être que, délivrés de tout le poids du vide, en dézinguant la pesanteur de nos absences, on se reconnaîtra et on se parlera comme si de rien n'était. On ira acheter un goûter à la boulangerie. Et je pourrai rencontrer mes frères et sœurs, tout aussi véritables que moi.

Youri Gagarine, encore un Russe. Le premier homme à vaincre la gravité terrestre, rien que ça. Quand les hommes échappent à la gravité, ils oublient toujours de prévenir leur mère. Je suis sûr que quand celle de Gagarine a entendu à la radio que son fils vadrouillait dans l'espace, elle s'est demandé ce qu'il avait encore fait, celui-là. Qu'il allait être en retard pour le dîner. Il paraît qu'en revenant sur Terre il a fait un gros trou dans la croûte terrestre en atterrissant en parachute. Des enfants qui avaient assisté à la scène se sont empressés de récupérer la nourriture en boîte restée dans le vaisseau qui s'était crashé plus loin. À la télé, l'histoire était différente : l'atterrissage avait eu lieu en toute beauté, sans encombre, sans faire de pète au casque à notre bonne grosse planète bleue. L'histoire des cosmonautes est toujours tout autre à la télé. Bruyant invisible lointain dangereux bonne fête à tous les cosmonautes. Qu'est-ce qu'ils fabriquent à ne pas être là ? Pourquoi j'y ai cru à cette maudite journée internationale ? Quand je suis sorti du collège, il n'y avait personne : ni Beatriz évidemment ni le père. Alors j'ai couru comme d'habitude vers le cimetière pour m'attarder le moins possible là où personne ne m'attendait.

Au moins, devant une tombe, je pourrais trouver Alexandre. Mais il y a des jours comme ça. Et aujourd'hui était un jour comme ça : Alexandre était saoul. Je n'aurais jamais cru qu'un type comme lui puisse avoir un penchant pour l'alcool, mais ce genre de chose on ne le sait jamais. Peut-être que ça l'avait mis dans le mal, comme on dit, nos discussions de la dernière fois. Il n'était pas très beau à voir, je l'ai tout de suite perçu. Mais je ne voulais pas renoncer à ma fin d'après-midi au cimetière alors je me suis assis par terre pas très loin de lui. Il était bourré mais il lui restait assez de lucidité pour avoir honte de son état devant un gamin.

Et puis il faut dire que je m'en fous. Quand Beatriz est venue habiter à la maison, elle avait encore quelques problèmes d'alcool. À un moment, maman a même dû fermer le placard avec un cadenas à code parce qu'une fois ou deux Beatriz avait rechuté et on l'avait retrouvée dans des états piètres, bien pires que monsieur Alexandre. Je me rappelle que ça m'avait inquiété de la voir dormir le visage tout de traviole et les traits à moitié débraillés. Ce jour-là, maman m'avait emmené faire un tour. J'étais fatigué mais ça m'avait quand même fait plaisir de marcher avec elle dans la ville. Je voulais jouer au jeu de celui qui trouve le plus de messages écrits sur les murs, mais elle n'était pas trop d'humeur. À notre retour, Beatriz était un peu rebraillée et elle avait dit à maman : « Promis, c'est la dernière fois. »

Alexandre s'est mis à bougonner. Je n'y prêtais pas trop attention parce que je réfléchissais à mon film pour ma Beatriz d'amour que j'ai envie de pleurer. « Beatriz, excuse-moi, je n'ai pas fini de te communiquer mes idées de toutes mes forces, mais il y a un monsieur à côté qui s'adresse à moi. Il s'appelle Alexandre. Je vais l'écouter. À bientôt, Bea d'amour. » Alexandre a usé quelques mots avant de retrouver dans ses cordes vocales la fréquence qui grésillait le moins. Ça y est, je comprenais ses phrases. C'était si intime que j'avais l'impression que c'était un hologramme qui me parlait et que lui, Alexandre, était terré quelque part, de l'autre côté du cimetière. En donnant un coup de pied sur la tombe, il m'a dit qu'il n'était pas fier de ce qui avait eu lieu avant qu'on en arrive là. J'ai eu un petit peu peur et j'ai failli m'énerver : je voulais bien l'écouter mais qu'il laisse Beatriz tranquille ! De quel droit il shootait dans des tombes ? Mais tout de suite il a enchaîné comme pour se débarrasser d'un truc qui sent pas bon alors je n'ai pas osé intervenir. C'était par rapport à son père, je l'avais deviné. Moi je lui ai dit : « Tu vois, parfois c'est mieux d'être pas trop au courant. Après, quand on sait, on a de la haine qui court dans les vaisseaux et on se dit que peut-être à l'intérieur on a des bouts de trucs pas beaux. » Lui, il avait voulu comprendre. Alors un jour il était allé chez sa mère et lui avait serré la gorge. Je n'ai pas pu m'empêcher de faire des grands yeux. J'imaginais mal ses vieilles mains qui ferment à peine se resserrer autour d'un cou de vieille personne. Ça avait dû se passer comme quand à la ferme j'avais vu un vieux berger casser d'un coup d'un seul le cou d'un poulet. « Mais je ne l'ai pas tuée, il m'a dit. C'était juste pour qu'elle crache ses secrets avant de mourir de sa belle mort. » Pourtant il devait y avoir un certain nombre de barrages puisque apparemment elle a jamais dit quoi que ce soit, même dans la position du poulet que j'imaginais. Elle n'a prononcé ni le nom ni rien d'autre pendant de longues minutes. Elle s'est d'abord allongée, puis s'est relevée en quête d'un verre d'eau. Ensuite, elle s'est assise, a pris un livre posé devant elle, le fameux livre sur le Transsibérien qu'elle lisait tout le temps parce qu'il parcourait en quelques centaines de pages un espace où il aurait pu y avoir Marina. Elle a tourné les pages frénétiquement dans tous les sens puis elle a levé la tête. Monsieur Alexandre était confus et vidé de ce qui venait de ne pas se passer. Madame Helias a ouvert la bouche et a laissé suspendre quelques secondes de silence avant de lui dire : « J'aimerais ne pas être ta mère. » J'imagine que dans son cœur, il a dû être tout charcuté d'entendre ça à la place du nom qu'il cherchait. Peut-être même que si ça se trouve, quand il est rentré chez lui, il a pensé à mourir. Ça lui tient tellement à cœur ce secret.

Alexandre s'est mis à pleurer devant la tombe. J'avais dans mon sac ma petite caméra et une idée m'est montée au front de façon toute naturelle. J'ai posé délicatement les feuilles que j'avais, comme d'habitude, ramassées sur ma route. Je les ai mises à gauche de la tombe et je me suis éloigné pour attraper ces quelques images d'un grand enfant qui pleure de ne pas savoir d'où il vient.

Comme j'avais une envie subite de faire du cinéma, de manier ma caméra pour mon film, je me suis attardé au cimetière pour me percher en haut d'un chêne. Il me fallait un endroit tranquille, où les gens ne me traiteraient pas de gamin qui n'a rien dans la tête pour faire des conneries pareilles, des choses aussi dangereuses qu'escalader des arbres. J'avais ramassé quelques pierres pour en faire un trépied, et je les avais entassées pour que la caméra ne touche pas le sol. Ça aurait été compliqué de grimper avec, et puis j'aurais eu peur de la casser. Alors j'ai grimpé sans, comme un chimpanzé. J'ai escaladé le tronc en prenant appui où je pouvais. Et j'avais bien fait de prendre un pantalon qui était foutu parce que le trou du genou s'est encore plus déchiré quand j'ai manqué la branche que je visais. J'avais accroché à mon col un petit micro que m'avait prêté Patrice, comme ceux des correspondants à la télé avec le vent dans la figure. Je voulais attendre là, m'approcher des oiseaux, les écouter parler et puis enregistrer leurs discussions.

J'étais assez haut dans l'arbre grâce à mon agilité de zigoto, et je me suis dit : si maintenant je saute alors il n'y a pas de doute c'est fini. Mais cette idée ne m'est pas venue seule, c'est moi qui l'ai invoquée dans ma tête. Ce qui veut dire que ce n'était pas une option envisageable. Beau travail. Vous n'êtes pas docteure en psychologie de l'enfant pour rien, madame la psychologue. Et, comme l'envie de plonger de cette branche, tout là-haut, n'était pas si obsédante, je me suis contenté d'enregistrer les oiseaux. Mon idée, c'était de tout prouver dans la boîte, de tout montrer à ma mère. Alexandre, les discours des arbres et les taches grandissantes qui se transforment en oiseaux. À la fin, si la Nasa coopérait et que je trouvais un oiseau robuste comme il le fallait, j'organiserais une scène avec un volatile qui tiendrait dans son grand bec un cosmonaute qu'il ramènerait de force pour le poser tranquille juste à côté d'Alexandre. Enfin il arrêterait de courir après son mirage.

Une fois, j'ai entendu à la radio de Beatriz une dame qui était une fine connaisseuse des oiseaux. Elle disait que les petits oiseaux se nichent dans l'arbre de leur prédateur parce que l'oiseau prédateur a l'impression que l'arbre n'est pas son territoire mais carrément son corps. Or les prédateurs ne pensent pas à vérifier si leur corps est un garde-manger. J'avais comme ça l'impression d'avoir grimpé sur un oiseau et d'être au plus proche de toute la vie qui était dessus aussi. Je me suis presque allongé sur ma branche assez large en faisant bien attention à ce que le petit micro ne tombe pas. Sinon, il aurait fallu que je descende le récupérer et avec mon pantalon déchiré j'aurais fini cul nu. Étendu ainsi, j'étais au cœur de la vie de l'arbre-oiseau. J'ai espéré très fort que le micro puisse bien enregistrer tous les sons qui explosaient dans mes tympans comme des bulles de coca. J'espérais aussi que la caméra ne s'éteigne pas et que mon angle de prise de vues ne soit pas foireux. Pour tous ces insectes qui se faufilent dedans, ces petites pliures dans l'écorce ça doit être comme des routes immenses. Ils ont de la chance, les insectes, de pouvoir entrer tout entiers dans les pliures des arbres. Et puis j'ai vu qu'il était déjà tard. Il était temps pour moi de rentrer. Le lendemain, c'était le jour où je voyais le père.

29

Toute la journée, j'ai pensé à mon père. Et s'il ne venait pas et s'il venait avec ses vrais enfants ? J'ai failli ne pas sortir du collège. J'avais trop peur que ce soit le coup de couteau de trop. Finalement, avec beaucoup d'assurance, comme si je guidais des armées entières, j'ai descendu les marches devant le collège. Un homme a levé la main en signe de salut. J'ai laissé repartir mes mouches imaginaires parce que c'était un peu intime ce qui allait se passer. J'ai dit : « Bonsoir, tu vas bien ? » C'était quelqu'un d'assez banal. Je dirais même un peu médiocre avec sa barbe mal rasée au-dessus du double menton. On a discuté une heure dans le parc, comme si de rien n'était. Il m'a posé des questions sur mon collège, sur mes copains, sur ce que je voulais faire plus tard. Comme je répondais par monosyllabes il y a eu beaucoup de silences. Et puis à un moment il m'a dit : « J'ai appris pour l'amie de maman. Elle doit être triste, ta mère. » Bien vu, mon vieux. C'était trop pour moi, et de toute façon il était temps que j'aille à l'atelier. Je lui ai dit salut à l'envolée et je suis reparti en marchant avec les pieds bien parallèles et en soignant mon allure : bras droit, jambe gauche, et inversement. J'avais la tête haute et je portais un uniforme avec plein de galons sur les épaulettes.

Je me suis remis en civil dans le sas d'entrée de l'atelier. Il me fallait juste deux trois minutes pour respirer à nouveau correctement, une chose que j'avais tendance à oublier quand je reprenais mes heures de gloire militaire. Une fois calmé, je suis entré en saluant Patrice. Il devait me montrer comment faire du montage pour que les séquences s'enchaînent de façon naturelle. Ça m'a fasciné les images qui se transformaient en montagnes quand on insérait mes captures les unes à côté des autres dans son logiciel. Pendant la semaine, je devais avancer de mon côté pour lui montrer la prochaine fois ce dont j'aurais été capable. Comme d'habitude, j'ai aidé Patrice à tout ranger puis à éteindre les lumières. Avant de partir, il m'a donné une clé USB avec des films piratés qui pourraient me donner des idées. J'ai imaginé des pirates s'infiltrer dans les artères de l'esprit, tendre des pièges, chasser les idées avant de les laisser repartir.

Quand je suis sorti du centre, mon père était sur le trottoir d'en face.

« Je ne pensais pas que tu m'attendrais, je lui ai dit. Sinon, je me serais dépêché.

— Merci de m'avoir vu, il m'a répondu. Ça m'a fait plaisir, Noé. Si tu veux qu'on recommence, tu as mon numéro. »

On s'est embrassés puis, comme je ne savais pas trop comment conclure, j'ai dit : « Ciao la compagnie. » Je ne me sentais pas de dire : « À bientôt, papa. » Puis je suis parti en courant, avec un paquet sous le bras. C'était pour me le donner que mon père était resté. Je l'ai déballé en rentrant à la maison : une petite caméra. Dommage que le film soit déjà presque fini. Bon, rira bien qui vivra le dernier.

Par-dessus la caméra toute neuve, il avait glissé une petite enveloppe.

Noé,

Je voulais te dire merci pour cet après-midi. J'ai aimé discuter avec toi sur le banc. Tu es un garçon intelligent. Je t'écris pour te dire que nous ne pourrons pas nous revoir avant longtemps, ce que je regrette beaucoup. Ça me plairait, pourtant, mais je serai en plein dans mon déménagement vers le Portugal. Je n'ai pas osé te le dire sur le moment, j'avais peur que tu sois déçu. Tu ne m'en veux pas, j'espère. Je suis certain que tu feras de belles choses avec la caméra que je t'ai offerte. Tu trouveras aussi vingt euros. Fais-toi plaisir !

Au revoir,

Papou

Je tenais encore sans comprendre cette enveloppe dégoûtante quand le fixe a sonné. Ça devait être maman qui voulait savoir comment ça s'était passé et me prévenait que je pouvais manger sans elle si j'avais trop faim. J'aurais aimé qu'elle rentre vite pour lui montrer ces mots. Pour lui dire à quel point c'était injuste pour un gentil garçon comme moi de côtoyer des gens qui brûlent tout autour d'eux. Comme cette personne qui pour vingt euros osait se nommer « Papou ».

Maman m'a juste dit que la voisine l'avait appelée. Je n'ai pas compris toute l'histoire, mais Coralie devait rester la nuit s'occuper des familles de son école et il fallait que j'aille chercher Charlotte en face de chez nous ; elle dormirait à la maison. J'étais investi d'une mission et il n'était pas question d'être distrait, alors j'ai laissé ma colère de côté et j'ai traversé le palier.

Charlotte regardait un dessin animé à la télé. Je me sentais adulte. Je lui ai dit que sa mère n'avait pas réussi à la joindre sur le fixe et qu'elle nous avait directement contactés maman et moi pour qu'on s'occupe d'elle. « Ils ont encore tout détruit, elle a dit en levant les yeux au ciel. Et c'est maman qui paie les pots cassés. » Je ne savais pas qui « ils » étaient et ce qu'« ils » avaient bien pu détruire. Comme j'étais l'adulte de notre duo, avec mes deux années de maturité supplémentaires je lui ai dit de prendre son pyjama et sa brosse à dents. On a retraversé le palier et là, installé sur le canapé, je lui ai demandé si elle voulait que je lui raconte une histoire. J'ai pris le livre d'Alexandre pour m'inspirer. En l'ouvrant au hasard, c'est encore tombé sur cette fameuse double page avec les chaussons de danse figés dans le camp. Je lui ai demandé de bien retenir cette image puis j'ai feuilleté les quelques pages suivantes pour lui peupler la tête. Je lui ai inventé une histoire pas possible, celle d'un adolescent qui fuit la guerre d'Espagne pour atteindre l'Est et qui, arrivé là-bas après quelques années calmes, se retrouve dans un camp. J'étais inspiré par les histoires déterrées de mon esprit, nourries par le vieil Alexandre et Beatriz. Je m'apprêtais à expliquer pourquoi des chaussons de danse étaient suspendus au milieu de barbelés quand j'ai vu que Charlotte pleurait. J'ai pensé qu'enfin j'étais devenu un artiste, qu'avec des mots je réussissais à faire pleurer une enfant. Charlotte m'a demandé si on pouvait appeler sa mère. On s'est levés tous les deux et je l'ai laissée composer le numéro sur le fixe.

Coralie lui a dit qu'elle ne rentrerait à la maison que le lendemain. Comme une grande personne, Charlotte a mis la main sur le micro du téléphone pour étouffer les sons et, en ouvrant grand ses yeux châtains, elle a chuchoté : « Je t'avais dit, c'est encore les pots cassés. » L'école que dirige Coralie se situe dans le nord de Paris. Il y avait un campement sous les ponts pas loin, mais la police venait d'évacuer les familles, qui n'avaient nulle part où aller. Coralie n'a pas voulu partir tant que le préfet n'aurait pas trouvé de solution pour tous ces enfants. Le préfet s'en foutait pas mal de l'article 27 de la Convention, et comme le Samu était débordé ce n'était pas vraiment son affaire, ces gamins qui allaient dormir dehors. La semaine précédente, Coralie et le personnel de l'école avaient récolté assez d'argent pour payer quelques nuits d'hôtel mais il n'y avait plus rien dans la cagnotte, alors ce soir elle restait dormir avec les enfants.

Maman est revenue du travail avec deux sacs-poubelle remplis à ras bord. D'habitude, sa patronne ne veut pas qu'elle récupère les marchandises invendues et les asperge de produits chimiques pour être sûre que personne ne se serve dans les détritus. Il faut croire que ce soir maman avait réussi à mettre à l'abri du détergent deux sacs de nourriture pour les familles de l'école. Elle nous a dit de l'attendre pour dîner, qu'on ferait un repas digne de ce nom tous les trois et elle est immédiatement repartie pour porter les sacs à Coralie. Est-ce que c'était l'énergie des barricades qui l'animait à nouveau ? Je ne sais pas, mais avec Charlotte on l'a attendue sagement. Je lui ai montré l'étendue de notre appartement en lui disant de pas faire trop attention au plafond qui foutait le camp dans la salle de bains. Charlotte s'est mise à compter les lits. Elle m'a dit que, la veille, l'argent pour les gens du camp n'était pas suffisant pour payer un hôtel de qualité. Alors Coralie avait décidé d'accueillir une famille chez elle et ils avaient passé la soirée tous ensemble. Un enfant de CE2 s'était occupé de traduire, parce que les parents ne parlaient que bulgare. Ils ont même chanté en chœur. Charlotte m'a montré une balalaïka sur Internet et m'a annoncé que, quand elle serait grande, elle aimerait être balalaïkiste. On s'est pris la tête tous les deux pour voir comment lui fabriquer un instrument comme ça avec les moyens du bord ; c'était important qu'elle se préoccupe dès maintenant de sa carrière. Charlotte m'a demandé si je voulais bien être son grand frère. Je le jure, ça m'a frissonné au-dedans comme je ne l'aurais jamais cru, que quelqu'un me demande officiellement en fratrie. Je lui ai ébouriffé les cheveux comme on fait dans les familles. Puis j'ai eu une envie de crâner auprès de mon père, lui qui ne savait pas ce qu'il manquait. Avec mes élans de clairon j'aurais pu lui dire que maman et moi on était à deux doigts de redevenir une famille, mais ça n'aurait pas été honnête pour Charlotte. Je voulais la laisser en dehors de ces histoires. C'est trop compliqué pour les enfants : si je pouvais l'épargner, c'était quand même mieux.

En rentrant, maman nous a trouvés tous les deux en train de découper du nylon au beau milieu du salon. Elle nous a remerciés d'être si sages. Pendant qu'on s'occupait de bricoler le rêve de Charlotte, j'ai oublié un peu ma peine et je me suis senti serein. J'espère qu'elle m'invitera à ses concerts quand elle sera balalaïkiste. Ça a l'air beau comme sonorité.

Moi je lui ai fait écouter l'hymne de Beatriz, *Porque te vas*. Je lui ai dit que je l'inviterais pour mon film d'adieu et on s'est serré la main comme des gens qui croient en leurs promesses. Maman nous a appelés après avoir préparé les pâtes carbonara que j'aime tant, et j'ai vu dans ses yeux qu'elle était heureuse que Charlotte et moi devenions amis. Elle ne savait pas que j'étais sur le point de devenir grand frère.

30

Aujourd'hui, ça fait cinq mois que Beatriz est partie, et je n'ai pas réussi à pleurer. J'ai tenté de geindre et de secouer les épaules, sans succès. Je me suis mis en boule et j'ai grogné mais ça ne marchait toujours pas. Je m'en suis voulu que ma tristesse ne sorte plus. J'ai commencé à me cogner la tête contre le coin d'un meuble en acier, pour me faire mal et pleurer pour de bon, mais comme je suis une mauviette, je ralentissais chaque fois que je m'en rapprochais.

Maman a dû entendre le bruit parce qu'elle a débarqué dans ma chambre en criant : « Noé, qu'est-ce que tu fais, ça ne va pas bien ou quoi ? Si tu continues, tu vas finir chez les fous ! » Ça m'a fait tout drôle de la voir hurler au quart de tour. J'ai sursauté, il y avait de l'inquiétude dans ses yeux et j'ai eu peur que se reflète dans ses pupilles un enfant qui se cogne la tête contre les meubles. Là, j'ai pleuré sur-le-champ sans avoir besoin de m'ouvrir la tête. « Tout est bien qui finit bien », j'ai dit à maman. Elle a soupiré comme si elle doutait qu'un jour on s'en sorte vraiment. « Et ça ne fait que commencer », j'ai rajouté. Elle m'a dit que c'était l'heure de me coucher, que ce que je racontais n'avait aucun sens et que je devais expliquer ça le mieux possible à la psychologue. Que même, s'il y avait besoin, je pourrais aller la voir plus souvent. « Oui, oui, on verra, j'ai dit. Va dormir maman, je sens que tu es fatiguée. »

Le matin, elle m'a donné le chèque pour la psychologue. C'était le jour de ma séance, j'avais failli l'oublier. Avant de partir maman m'a prévenue qu'elle appellerait Alexandre pour l'inviter à boire un thé. Je lui ai dit : « Mais bien sûr, maman, tu invites qui tu veux, ce ne sont pas mes affaires. » À vrai dire, je craignais un peu la rencontre entre ces deux zigotos. Je ne vois monsieur Alexandre que le jeudi, quand il vient réfléchir devant la tombe de sa mère, et je l'imagine mal discuter avec quelqu'un dans un salon autour d'une tasse de thé.

31

J'ai reparlé de mon film à Alexandre et il m'a demandé si j'avais pensé à la musique. Comme j'ai de grands projets, j'ai imaginé qu'il y aurait surtout le chant des oiseaux et des arbres, mais je lui ai dit que si je trouvais une symphonie ça pourrait convenir pour boucler mon affaire. J'ai été étonné qu'il renchérisse en me soufflant : « J'ai peut-être une idée pour la symphonie. » Je me méfiais un peu, mais il m'a dit que ça impliquait d'aller au cinéma, de rire, de jouer aux dés et qu'il fallait y croire mais que ça pouvait marcher.

Pour sceller notre alliance, Alexandre m'a demandé si je voulais bien l'embaucher comme assistant pour la bande-son. J'ai vu que ça lui ferait plaisir et peut-être même qu'il pourrait m'aider, alors j'ai accepté. C'était déjà tout réfléchi dans sa tête et il m'a proposé un projet un peu barjo. « Tu sais, Noé, tu me parles toujours de ces voix qui se perdent au mauvais endroit. Et si on enregistrait des gens qui rient pour en faire de la musique ? On va tous les deux au cinéma, on emprunte aux gens leurs rires, ou plutôt leurs rires s'empreintent sur l'enregistreur, et ensuite on les retranscrit en mélodie. »

Je me suis dit que ça nous occuperait et puis que ce serait un peu original comme cinéma. Je n'avais pas du tout envie de retourner dans une salle sans Beatriz comme si de rien n'était : si j'y allais, il fallait que ce soit grandiose.

Sur le chemin, Alexandre m'a montré comment fonctionnait l'appareil qu'il avait pris pour enregistrer. En l'actionnant une fois assis dans le noir, j'ai eu peur que ça ne fonctionne pas. J'ai eu peur aussi d'être démasqué, qu'une voix sorte du petit boîtier ou qu'un message s'affiche sur l'écran : *Attention, des voleurs de voix peuvent être présents dans la salle. Pour votre sécurité, assurez-vous de garder vos voix bien au chaud dans votre tête et de ne surtout pas faire attention à celles des autres.* Finalement, le film a commencé et il n'y a eu aucun message, bien que notre magouille ne m'ait pas semblé très conforme d'un point de vue légal. Plus tard, quand je lui ai posé la question, Alexandre m'a tout de suite rassuré en disant qu'on s'en foutait des images sur l'écran et que seules nous intéressaient les voix des spectateurs, qui aux dernières nouvelles n'avaient pas encore breveté leurs cordes vocales, ce qui était une bonne chose pour notre projet.

Il faut bien admettre que monsieur Alexandre a des délires de poète. J'ai une explication assez simple. Je pense qu'il a hérité de la poésie après laquelle sa mère a couru sa vie durant. Ça a dû le marquer dans sa chair, la recherche effrénée de Marina Tsvetaïeva. Je l'imaginais enfant, adolescent, puis adulte regarder avec des yeux de plus en plus fanés madame Helias placarder sur les murs des lettres anonymes qu'elle finissait par signer quand même pour retrouver la poétesse. Même si Alexandre l'a toujours accompagnée comme il pouvait au cours de sa recherche, elle l'a ignoré, le laissant en boucle sur les questions de paternité. Il est devenu un spécialiste de la poésie, mais ça n'a pas suffi. Alors il a vrillé, et lui aussi il est devenu un peu poète avec ses symphonies et ses enregistreurs de rire.

Quand il m'a demandé ce que j'avais pensé du film, je lui ai dit que ça ne valait pas un monsieur Chabrol mais que c'était pas mal.

« Et notre récolte, il a ajouté, je veux dire les rires ?

— Récolte de notre région, bon cru, fin et parfumé, comme on dit », et j'ai rigolé de m'entendre parler comme une publicité.

Quand je lui ai rendu l'appareil, on a réalisé que je n'avais pas mis fin à l'enregistrement. Dans les dernières secondes on entend donc mon propre rire, une bonne récolte, un bon cru, fin et parfumé.

32

Monsieur Alexandre est sacrément doté en imagination avec ses délires de poète. Je suis allé chez lui le lendemain. En voyant tout le dispositif pour faire de la musique sur des rires chassés au cinéma et son appareil enregistreur, j'ai quand même pensé qu'il était légèrement siphonné. Mais derrière tout siphon se cache peut-être un grand artiste, donc en fait je ne me suis pas plus étonné que ça. Il m'a tendu cinq dés et a déroulé une espèce de tapis, tout en longueur, sur lequel il y avait cinq lignes. « C'est une portée, il m'a dit. Je lance l'enregistrement, et quand tu entends un rire tu secoues un dé dans ta main puis tu le lances sur le tapis. Moi, je griffonne. Tu peux prendre plusieurs dés et les lancer en rythme sur les rires. Je mets mon métronome. Un métronome, c'est une aiguille qui a le hoquet. Pour le rythme. » J'ai hoché la tête sans rien comprendre. Il faut dire que monsieur Alexandre avait l'air ravi et que je ne voulais pas briser sa joie. C'est ainsi qu'on a réécouté les deux heures de film capturées la veille. Tout en restant concentrés sur notre tâche, on a fait une pause au milieu pour boire une grenadine, un bon cru fin et parfumé selon l'expression désormais consacrée. Il s'agissait de produire la musique de film la plus proche de ce que pouvaient véhiculer des gens qui rient ensemble au cinéma. À la fin on a entendu mon rire, et ça m'a fait tout drôle que l'enregistreur ait pu capturer une part si pure de moi, tout en me laissant intact. Alexandre m'a promis de retranscrire les notes qu'il avait écrites sur son logiciel et de m'en donner un CD quand il viendrait le samedi chez ma mère.

33

Maman m'a demandé d'aller à la boulangerie chercher du pain et des chouquettes. En sortant de la boutique, je me suis empressé de manger le croûton encore chaud et je me suis dit que tout de même ça devait être marrant pour les étrangers de voir tous ces Français engloutir des bouts de baguettes à peine sortis de la boulangerie. J'ai essayé de calculer la quantité de pain que je pouvais manger avant d'arriver à la maison sans dépasser les limites du raisonnable. C'est drôlement pratique, de pouvoir grignoter des croûtons en marchant et avec les doigts sans que personne trouve ça impoli ou étrange. Tout le monde le fait, même les gens qui rentrent en costume du travail. Ils ont des baguettes béantes adossées à l'épaule et ça ne peut pas s'inventer, cette sorte d'impatience nationale qui fait partie du décor.

En rentrant, je me disais que si je ne devenais pas cinéaste ça me plairait bien de travailler comme maman dans une boulangerie. Si personne ne peut résister à un croûton chaud, même les gens chic, c'est quand même marrant. Heureusement, le trajet entre la boulangerie et la maison n'est pas long. Parce que chaque fois que j'y vais la notion de croûton s'étend. Si ça continue, il faudra que la taille des baguettes augmente avec le temps comme le prix du loyer.

J'ai posé le reste de pain sur la table de la cuisine et maman a proposé qu'on décore un peu l'appartement pour accueillir Alexandre. Elle a accroché dans un cadre que j'avais trouvé dans les encombrants un poster qui traînait dans un placard, l'affiche d'un groupe de sa jeunesse. Parfois, elle écoute de la musique et elle dit : « Noé, c'est la chanson de ma jeunesse. » Alors elle se met à chanter, mais elle chante faux et ça m'irrite. Je ne sais pas pourquoi ça m'énerve autant de la voir heureuse tout d'un coup quand elle repense à une époque où je n'étais pas là et où elle n'avait pas de problèmes. Chaque fois, je fronce les sourcils. Un jour, sous le coup de la colère, je me suis même bouché les oreilles en grimaçant. Je l'ai regardée droit dans les yeux et je lui ai dit sans sourciller : « Tu chantes mal, tais-toi. »

Je sentais quand même que ça lui faisait plaisir d'accrocher cette affiche avec les couleurs un peu effacées et de cacher par la même occasion le vieux papier peint dégueulasse. Elle m'a dit : « Ne t'en fais pas, Noé, quand ton film sortira, bien sûr, c'est ton affiche qu'on mettra. C'est ton cadre, je n'ai pas oublié. » Puis elle a sorti les gâteaux de fête, les mêmes galettes bretonnes que d'habitude mais joliment disposées dans une assiette. On a aussi déployé une belle nappe, bien plus jolie que les sets de table plastifiés qu'on utilise en général pour ne salir ni la belle table ni la belle nappe.

Alexandre n'avait pas oublié ma musique, ce qui est un bon début pour un adulte. Ne pas oublier ce qu'il promet, je veux dire. Il a aussi apporté une bouteille de jus de pomme qu'il a posée sur la table. On s'est installés tous les trois sur le canapé et j'ai senti qu'on n'avait pas grand-chose à se dire tous ensemble, mais en réalité ce n'était pas si gênant. C'était un silence de gens qui ne s'en rendent pas compte.

Je suis parti à la cuisine chercher de l'eau et pendant ce temps j'ai compris que maman essayait de se justifier. Par rapport au fait que j'étais souvent tout seul. Alexandre l'a tout de suite rassurée : « Ne vous inquiétez pas, je suis sûr que Noé apprécie aussi ses balades à discuter avec les arbres. » J'ai confirmé que c'était vrai et qu'en plus, maintenant, on était un peu amis avec Alexandre, surtout qu'en raison de son âge il avait plein d'histoires à me raconter. Maman m'a engueulé des sourcils. « En raison de son âge », ce n'est pas une expression qu'on emploie quand on veut faire plaisir aux gens, ça voulait dire. Alexandre pensait que j'étais plein de ressources et que je leur préparais un très beau film. Je ne sais jamais si les compliments sont sincères. Comment il peut savoir si le film que je prépare sera beau tant qu'il ne l'aura pas vu ? On n'est pas obligés de faire semblant de s'encourager, sinon tout le monde risque d'être déçu de moi. « Faudrait juste que la Nasa coopère », j'ai dit. Ça ne leur semblait pas clair alors j'ai ajouté : « Pour la scène finale avec l'oiseau et le cosmonaute. » J'ai hâte de voir ça, m'a dit maman, qui n'avait aucune idée du grandiose dans mon projet. Je voulais changer de sujet ; ils n'avaient pas l'air de comprendre de quoi je parlais.

J'ai demandé à Alexandre s'il n'avait pas des histoires à partager avec nous. Il m'a répondu que si j'avais à portée de main le livre qu'il m'avait donné, il pouvait me raconter une histoire sur les pages. Puis il l'a ouvert pour nous montrer la carte. À nouveau, j'ai frissonné en voyant cette grande balafre que faisait le chemin de fer sur le visage de la Sibérie. Alexandre a pointé une ville, très à l'est, et nous a donné toute son énergie pour nous changer les idées. Il savait bien, grâce à nos rencontres du jeudi, qu'on deuillait sévère avec maman et qu'on avait besoin de penser à autre chose. Il nous a fait connaître l'une des rares histoires que sa mère lui ait racontées, et il n'a même pas eu la voix teintée de désespoir.

Après la chute de l'URSS, sa mère avait décidé de partir à la recherche de Marina en Russie. La poétesse était morte depuis longtemps mais quand même madame Helias espérait trouver des traces. Elle comptait sillonner la Russie à la recherche de marques de Marina imprimées dans le paysage et dans les gens. Madame Helias s'était donc retrouvée à Khabarovsk, une ville traversée par l'Amour, un fleuve tout gelé. Un soir, oubliant sa haine des « Amerloques » et optimiste quant à l'approvisionnement des cafés au beau milieu de la Sibérie, elle avait réclamé un Coca-Cola. Ils n'en avaient pas et lui avaient fourni à la place de l'alcool de contrebande. Le lendemain, avant de reprendre son train elle avait bu, allongée sur l'Amour gelé, l'alcool qui lui servait de réchaud. À la fois saoule et frustrée de n'avoir trouvé trace de Marina nulle part, pas même dans les théâtres, elle s'était mise à piétiner l'Amour. Puis elle était montée à bord du dernier train, qui devait l'emmener à Vladivostok.

Avant d'embarquer, elle avait voulu acheter au marché de Khabarovsk de quoi manger pour le trajet. Attirée par son air de touriste, une dame qui vendait des salades en tout genre lui avait refourgué un demi-kilo d'un plat à base de chou et la même quantité de salade de poulpe. Dans le train, alors que madame Helias lisait pour ce qui devait être la trois centième fois *Album du soir*, le premier recueil de Marina Tsvetaïeva, l'une des quatre femmes qui se trouvaient dans le compartiment l'avait interrompue dans sa lecture. (Maman écoutait Alexandre avec attention. Elle a sorti de sa poche le petit carnet qu'elle a toujours sur elle pour noter le titre, *Album du soir.* Avec ses petits carnets, elle ne ratait pas une miette de culture, ma mère.) Les voyageuses étaient intriguées par cette femme plus si jeune qui ne semblait pas russe. C'étaient quatre musiciennes arméniennes, et une parlait un peu français. Elle avait appris grâce aux chansons de France Gall, une véritable star en Sibérie. Lorsqu'elles s'étaient toutes mises à chanter, le poulpe attendait et commençait à dégager une certaine odeur à cause de la rupture de la chaîne du froid. Il avait pris, le pauvre, soixante degrés dans les tentacules.

À 2 heures du matin, quand les discussions avec les musiciennes s'étaient taries et que tout le wagon dormait, madame Helias avait commencé à avoir faim. De peur de réveiller les autres, elle avait attrapé son sac de poulpe et était sortie dans le couloir, près du samovar, pour le manger. L'odeur était puissante et l'animal gras. À Vladivostok, les musiciennes l'avaient invitée à une messe où elles allaient chanter. En sortant du wagon, même si le poulpe avait repris soixante degrés dans les tentacules, de moins cette fois, l'odeur persistait. Mais madame Helias avait connu la guerre et ne voulait pas gaspiller ; elle tenait à manger la bête jusqu'au bout. Arrivée à l'adresse indiquée par les musiciennes, madame Helias avait scruté la bâtisse de l'église et s'était vite rendu compte qu'il n'était pas envisageable de rentrer avec un poulpe si odorant dans une si petite église. Comme il n'était toujours pas question de gâcher l'animal qui avait coûté une petite fortune, elle avait décidé de l'enterrer. Mais elle avait un peu peur d'enfreindre les règles russes, qu'elle croyait sévères. Elle avait donc fait trois fois le tour de la petite église pour repérer un endroit où enfouir le poulpe le temps qu'elle assiste à la messe.

Alexandre racontait tellement bien que j'ai imaginé madame Helias, élégante comme sur la photo incrustée dans sa tombe, courbée vers le sol et les mains dans la neige à guetter pour ne pas se faire choper en train d'enterrer son poulpe puant. Tout ça pour assister à une messe en arménien à laquelle elle ne comprendrait rien, d'autant qu'elle n'était même pas croyante. C'était la première fois depuis longtemps que je me bidonnais franchement.

On a passé un bon moment tous les trois, et Alexandre a été ravi de cette invitation, comme il l'a dit avant de repartir. Moi, j'avais toujours une odeur de poulpe dans les narines. Dès qu'il a passé la porte, je me suis empressé d'insérer dans le lecteur de l'ordinateur le CD qu'il m'avait apporté pour voir ce que ça pourrait donner pour mon film. Le résultat était bizarre mais étonnamment harmonieux, comme ces vieux qu'on croise dans la rue et dont on se demande si à force de pesanteur leur nez n'est pas descendu de trois ou quatre centimètres par rapport à sa position initiale, mais en vrai ce n'est pas si laid.

Après le moment avec Alexandre, j'avais des envies de blablater et de sauter partout. Ça m'avait requinqué de le voir si assorti à notre foyer familial. Il faut dire que sa chemise allait bien avec notre canapé et que j'aurais voulu qu'il reste plus longtemps. Ça donnait l'impression que tous ces morts qu'on portait dans la tête s'étaient concertés pour que notre rencontre ait lieu et qu'Alexandre atterrisse un jour dans notre salon. Maman, elle, était fatiguée. Elle n'a pas rangé directement les guirlandes qu'on avait sorties pour l'occasion ; elle est allée se coucher tôt. Moi, j'ai profité dans le salon de cette ambiance de fête. J'ai déplacé quelques fauteuils et j'ai écouté la bande originale de *Cría cuervos*. À un moment, il y a un slow. J'ai dansé à deux mais tout seul. Avec aucune épaule sur laquelle poser mon oreille. Si tout le monde n'avait pas déjà été mort, il y aurait aussi eu de la place pour cette satanée madame Helias.

34

Le 15 mai ce sera l'anniversaire de Beatriz et je voudrais avoir fini mon petit film. Le projeter. J'imagine tous ces petits débris dans ma tête et dans mon corps, passés par le canal de la caméra et projetés au loin en grand, sur l'écran. J'imagine le moment où s'affichera le mot « fin », où les débris seront repartis pour toujours. J'imagine Beatriz rire pendant que les autres applaudissent dans la salle du centre culturel. Je l'entends dire : « Bravo, mon grand. Monsieur Chabrol me dit dans l'oreillette que la relève est là. » Peut-être même qu'ensuite il n'y aura plus trop de débris de tristesse dans ma caboche et qu'elle pourra se transformer en salle des fêtes avec un éclairage criant. Dans le miroir, comme un mirage, il y aurait Beatriz menant une valse très harmonieuse avec monsieur Chabrol, qui a eu la bonne intelligence de mourir avant elle. Alors maintenant qu'ils ont le temps, il pourrait bien lui proposer une danse de fantômes.

J'ai déjà vu maman et Beatriz danser. Quand elles faisaient leurs études, elles s'étaient inscrites ensemble au cours de danse de l'université et c'est là-bas qu'elles se sont vraiment connues. Alors la danse avait pour elles une saveur particulière. Un week-end, beaucoup de mois avant les taches, quand on ne pensait pas encore qu'on ne pourrait bientôt plus le faire, on est allés se balader tous les trois sur les quais de la Seine. On a croisé des gens qui dansaient en arc de cercle comme s'ils s'en foutaient qu'on soit déjà au XXIe siècle et comme si ce qui importait dans la vie c'était de pas perdre de temps. Ils dansaient pour sublimer le sur-place et leur corps c'était de la résistance contre tous les autres qui couraient autour. On s'est installés pour les regarder. Je fixais très fort un couple et je me demandais comment c'était possible que l'homme et la femme ne se marchent pas dessus. On aurait dit deux aimants qui s'approchent et s'attirent sans pouvoir tout à fait se coller. C'étaient deux vieux avec les cheveux gris qui n'avaient pas grand-chose à apprendre de leurs voisins. À un moment, j'ai levé les yeux et j'ai vu maman et Beatriz qui dansaient. Ce n'était pas aussi magique que les vieux et on sentait qu'elles n'avaient peut-être pas été très attentives à leur cours de danse, mais c'était beau quand j'y repense. À l'époque, quand je ne savais pas encore pour les taches sur le futur, j'avais eu un peu honte, je crois. Enfin j'en suis même sûr ; cette honte m'a fait détourner le regard pour ne pas les voir si peu en rythme à côté des couples de vieux qui eux savaient comment bouger dans le vide.

35

J'ai été surpris de voir que maman était déjà là quand je suis rentré du collège. Elle était allongée sur son lit et ses yeux grands ouverts caressaient le plafond. Elle avait allumé la radio de Beatriz, chose qu'aucun de nous n'avait osé faire depuis qu'elle est partie. Je me suis allongé sans un mot à côté d'elle.

On n'avait pas touché aux affaires de Beatriz. Il y avait encore ses vêtements dans l'armoire et sa radio sur sa table de chevet. Elle nous avait dit une fois que la radio c'était tout ce qu'elle avait gardé de son adolescence et que c'était très précieux pour elle. Quelques semaines avant qu'elle meure, je m'étais chargé d'acheter des piles ; elle était trop fatiguée pour sortir tandis que moi je pouvais passer au magasin juste à droite en sortant du collège. Elle m'avait passé de l'argent le matin et j'avais écrit *piles* sur mon avant-bras pour ne pas oublier. C'est moi qui les avais changées puis j'avais allumé l'appareil avant de la réveiller pour lui faire une surprise. Quand elle avait ouvert ses grands yeux bruns, elle m'avait fait un beau sourire et je m'étais dit que je garderais sa tête et son merci longtemps dans mon cœur parce que, même si elle était fatiguée (ça se voyait sur sa peau, son crâne, un peu partout), je la trouvais très belle. Ça les faisait toujours rire avec maman d'entendre les émissions de jazz « avec des voix de téléphone rose », elles disaient. Moi, je ne savais pas ce que c'était, ce téléphone, avant de découvrir le jazz, mais maintenant ça me fait rire aussi.

Aujourd'hui, maman n'écoutait pas du jazz mais un programme d'information en continu. Ça parlait des opérations de maintien de la paix de l'ONU, de militaires, de casques de toutes les couleurs. Je me suis demandé combien il faudrait déployer de troupes pour me maintenir l'âme en paix, s'il y aurait beaucoup de prises d'otages et combien de négociations ça nécessiterait. J'ai posé une main sur ma poitrine et j'ai senti très fort les coups pour faire tomber les barricades. J'ai osé penser que, peut-être, les troupes étaient déjà là, à l'intérieur, pour m'assurer la paix. Ça faisait bien trois semaines qu'il n'avait plus été question d'écluses. Peut-être que quand les chars en auraient fini avec mon âme ils pourraient se préoccuper de la personne d'à côté, à ma frontière ouest, la mère.

36

Charlotte est apparue sur le palier. Elle avait sur le crâne une perruque de traviole.

« Dalida, tu connais ? »

Je ne savais pas ce qu'était Dalida. Sans doute une île près des tropiques ou une marque d'électroménager.

« Mais enfin, Noé ! Dalida ! La grande chanteuse ! Maman m'a dit de regarder la télé mais je m'ennuie, je peux venir jouer chez toi ?

— Tu crânes, je lui ai répondu pour masquer mon ignorance qui s'étendait plus loin encore que la perruque qui venait de lui tomber sur les yeux. Tu peux pas venir jouer ici. Y a ma mère qui se repose.

— J'ai décidé d'être une star, tu sais. C'est trop dur la balalaïka. À la place, je serai une grande diva. Tu viens ? On va dehors. »

Dalida et moi on a enfilé les manteaux de nos mères pour aller jouer. Dehors il pleuvait et la perruque semblait avoir gommé la considération que Dalida avait eue pour moi. Elle me regardait avec un mélange de mépris et de confusion. J'ai décidé de l'épater avec mon anglais par une méthode très simple qui consistait à abolir les consonnes.

« Ai eu a è ai ahi heu héohais héhà enhoi euh héhè heu heha ?

— Merci pour l'invitation. Le concert d'hier soir était exceptionnel. Merci à mon public.

— Ah, tu ne pawrles pas ingliche. Je vais faiwr eun effowrt, mais juste pawrce que c'est twoi. Sais-tyou, ma twré chèwre sœuwr, que désowrmais les hommes envoient leuwrs déchays dans l'espace ? Avant, on utilisait des vide-owrduwr, et ça tombait dans les caves. Maintenant, il faut vider ses pouwbelles dans le ciel. Étonnant, n'est-il pas ? Cela signifie, my twré chèwre, que tous les mouwments sont désowrmais invewrsés. À pawrtiwr d'aujouwrdwui, la tewrre commencewra à se wrectovewrser. »

Dalida avait un peu l'air de s'en foutre, de mes déchets spatiaux, mais je n'ai rien trouvé de mieux que cette information entendue à la radio le matin même. Alors je me suis mis à courir à l'envers et Dalida s'est accroupie pour m'envoyer une boule de feuilles mortes et de pelouse en pleine figure. La guerre était déclarée.

Comme on était déjà trempés, on a fini par se rouler par terre dans ces foutus manteaux trop grands pour nous. Dalida avait de la boue partout dans les cheveux. C'était un peu la fête de rouler sur nous-mêmes comme des planètes inarrêtables. La gadoue, ça nous faisait tellement rigoler que j'en avais mal au ventre. J'ai piqué sa perruque à Dalida parce qu'y avait pas de raison. Ça me grattait le front comme pas permis et j'imaginais déjà maman me regarder en disant : « Noé, t'es tout débraillé, on dirait l'as de pique. » J'ai proposé à Charlotte qu'on enterre la perruque quelque part pour la retrouver plus tard. Comme ça, si l'un de nous en avait besoin, on avait une planque en commun. Et puis si dans le monde nouveau les déchets étaient au ciel, pourquoi ne pas mettre les étoiles à nos pieds ?

On a creusé un trou et on y a déposé la perruque avec une délicatesse relative. La planque refermée, on a planté dessus deux bâtons pour s'en souvenir et on s'est mis à sauter en agitant les bras comme pour rameuter l'air encore pur vers le sol. On était franchement à deux doigts de s'envoler au-dessus de la foule en délire. « Mewrci, public chéri, on wreviendwra », on scandait. Dans le brouillard qu'on s'imaginait tout autour, un brouillard de coton comme il y en a dans les grands concerts, on voyait déjà nos fans se mettre la tête à l'envers pour suivre leurs idoles, et par-dessus des sacs-poubelle monter aux cieux comme des montgolfières.

Le public était en forme, il ne voulait pas nous laisser repartir et on s'inclinait, reconnaissants d'être tant aimés. « Regarde ! On passe à la télé », m'a hurlé Charlotte en pointant un vieil arbre. Je ne distinguais pas grand-chose mais les effets spéciaux étaient pour le moins exceptionnels et du haut de sa tour de contrôle un moineau devait avoir réglé le tronc sur les chaînes d'infos en continu montrant nos yeux dégoulinants de pluie.

Après une bonne heure de ce manège, quand on a été trop essoufflés pour crier quoi que ce soit de plus, nos fans se sont évaporés. Dalida était sauve, bien au chaud sous nos pieds, et on s'est serrés dans les bras avec Charlotte. Il ne restait plus que nous, deux rescapés célestes. Seule une dame assez âgée dont le chien salissait avec conviction notre scène tous les trois mètres nous regardait un peu perplexe. On a arraché quelques bouts d'écorce pour se souvenir de ce tabac musical. On a rebraillé tant bien que mal nos manteaux tout trempés et on s'est dirigés vers chez nous. Charlotte était sortie sans rien dire et il fallait se sécher avant que sa mère rentre. Et puis peut-être que maman avait fini sa sieste.

37

Maman était allongée depuis deux jours déjà. Quand je lui parlais, elle me répondait à peine. J'ai eu du mal à comprendre si elle était malade, si elle était en grève ou si elle avait simplement besoin de faire une longue pause dans la vie. Il ne fallait quand même pas que ça dure trop. Quand j'ai eu fini tous les restes qui faisaient la queue dans le frigo, il a fallu que je m'y reprenne à deux fois pour faire cuire des pâtes. La première, l'alarme incendie n'a pas réveillé maman, ce qui était plutôt bien parce que sinon je me serais fait engueuler. La deuxième, j'ai pensé à mettre l'eau avant les pâtes et le résultat n'était pas si mauvais. J'ai rajouté des chips pour satisfaire mon envie de croquant. Puis j'ai encore jeté un coup d'œil dans la chambre, mais décidément, ma mère dormait toujours. J'ai essayé de la faire rigoler en lui montrant une nouvelle grimace que j'avais élaborée en me concentrant sur la partie gauche du visage. Elle a esquissé un sourire mais a vite refermé les yeux.

Je voulais laisser à nouveau un message à Beatriz depuis le fixe. Le numéro n'était plus attribué. Je me suis dit que ce n'était pas bête : si tout le monde se mettait à encombrer la boîte vocale des morts sans que personne vienne jamais la vider, ça causerait certainement beaucoup de pollution. Ensuite, je me suis retrouvé seul à ne pas savoir quoi faire de moi alors j'ai étudié. Je me suis mis en tête de devenir le plus transparent possible, un enfant lisse et parfait, comme une image retouchée de publicité. Je serais souriant; aucune accroche sur le visage. Poli comme un caillou au bord de l'eau. Le plus léger possible pour ne troubler personne, pour être le cadet des soucis. J'ai préparé avec acharnement le contrôle d'histoire que nous avait donné le professeur. En trois heures, j'étais devenu incollable sur la démocratie à Athènes mais je n'avais personne devant qui me pavaner, que des absents partout dans cette maison.

Comme samedi maman dormait toujours, je suis allé sonner chez Coralie. Je voulais savoir si Charlotte était là, lui montrer des arbres que je trouvais jolis. Charlotte a demandé à sa mère si on pouvait sortir comme des grands, rien que tous les deux. Évidemment, Coralie n'a pas accepté. « C'est dangereux, dehors, je ne laisse pas deux enfants dont un qui n'est pas le mien gambader tout seuls. » Elle ne savait pas que par alliance j'étais devenu grand frère et que par conséquent j'étais un peu son fils. Elle n'avait pas non plus entendu parler de notre concert de l'autre jour. J'ai tenté ma technique des yeux perçants comme je fais avec ma mère mais ça n'a pas du tout fonctionné. Coralie a proposé de nous accompagner. J'avais peur qu'elle ne coure pas assez vite pour nous suivre dans nos idées, mais en fait ça a été. Le temps qu'elles se préparent, je suis allé chercher ma petite caméra, enfin celle de Patrice. On avait six mains, ça pourrait toujours servir. Finalement, la caméra est restée dans le sac de Coralie et j'ai oublié de la récupérer. Quand j'ai sonné le lendemain pour reprendre mon précieux matériel, la voisine m'a aussi tendu une enveloppe verte avec dessus un tampon au nom de Charlotte. C'était une photo de nous deux, perchés dans nos branches, les oreilles qui traînaient à l'affût des petites bêtes. Charlotte avait écrit au dos :

Tu peut venir joué ensemble dans les arbre maime si sa m'ennairve quen tu mais ton oraille sur la branche et que moi je comprent pas se que sa veut dire. Quen maime sa me fais plaisir. Bisous. Signer : Seur Charlotte.

Un moment j'ai eu peur que ce soit par pitié qu'elle m'ait écrit ça. Je craignais subitement que, trois mois plus tôt, sa mère lui ait dit : « Tu sais, Charlotte, le petit Noé, en face, il vient de perdre une personne qu'il aimait beaucoup. Alors dorénavant il va falloir être très gentille avec lui. » J'avais peur de ça, de cette pitié dans les yeux et sur les lèvres. J'avais peur que tout ça ne soit qu'une mascarade. Je n'étais plus sûr quoi penser de la demande en famille. La photo m'a quand même fait très plaisir, et comme je voulais y croire un peu je l'ai disposée dans un cadre qui traînait dans ma chambre. Le soir, je l'ai montrée à maman, mais une fois encore elle a à peine ouvert les yeux. J'ai mis le cadre sur une étagère près de mon lit, où il y avait déjà le livre sur le train de monsieur Alexandre, que j'ai rouvert avant de m'endormir.

Sur la carte de Khabarovsk, il y avait écrit, tout gribouillé au marqueur : *Marina n'était pas là.* C'est bizarre de voir la folie écrire comme ça toute sa frénésie. Alexandre m'avait prévenu que la fin était un peu illisible, qu'on ne comprenait rien aux notes griffonnées à côté des photos. D'un coup, ça m'a touché-coulé de voir l'écriture d'une morte alors que je n'étais pas prêt. J'ai vite refermé le bouquin, il ne fallait pas que ça déborde partout autour sur les objets, surtout ceux qui ne m'appartenaient pas.

Qu'est-ce que je ferais, moi, dans un train tout seul ? je me suis demandé. Je crois que je profiterais de l'anonymat pour ne parler à personne et juste voir les forêts défiler comme un film devant mes yeux, avec l'horloge tout élastique à cause des fuseaux horaires que le train traverse, comme expliquait le livre. Je boirais du thé en regardant filer la nature, quel beau programme ! Si un jour je suis ingénieur de la caboche ou réalisateur, j'irai dans ces forêts aspirer toute la nature, tout le blanc, l'espace qui fuit sous nos rails. Je filmerai tout ça et bien sûr maman ne pourra pas venir avec moi, ça demanderait trop de jours de congé. J'aspirerai tout et au retour je lui montrerai pour qu'elle soit fière de moi. C'est mon nouveau livre préféré, ce livre d'images, malgré les ratures de madame Helias à la fin. Pour chasser ma tristesse, j'ai relu les ratures avec une voix chevrotante de vieille femme qui fait sa mue pour se transformer en oiseau. Ça m'a fait tout plein de frissons de penser à sa recherche de Marina. Je me demande si cette poétesse a vraiment connu madame Helias un jour. Si elles se sont ne serait-ce que croisées.

38

Tandis que ma mère dormait toujours, je pensais au cosmonaute d'Alexandre. J'avais envie de lui dire qu'il fallait qu'il s'en foute du nom de son père, que ça n'avait plus d'importance, qu'il avait bien fait sans, mais je savais pas trop comment m'y prendre. Il avait tout de même failli étrangler sa mère pour l'avoir, ce nom. J'ai pensé à ces questions qui lui brouillaient la tête et qui l'empêchaient de vivre et je me suis demandé s'il croyait vraiment que d'une façon ou d'une autre sa mère et Marina avaient pu se fréquenter un temps.

C'est alors qu'une idée m'est venue. J'ai décidé d'écrire une lettre à Alexandre en mettant la bonne adresse mais le mauvais nom. J'espérais qu'elle me reviendrait avec un cachet de la poste disant : *Destinataire inconnu.* Il me fallait rédiger une lettre officielle sur l'ordinateur de maman. J'ai tapé fort sur le clavier pour que maman réagisse : je gérais la baraque assez bien pour à mon tour m'occuper de la paperasse officielle. Mais elle ne s'est pas étonnée de mes affaires sérieuses et j'ai senti qu'elle était trop loin dans son monde pour m'aider à quoi que ce soit. Comme ça ne pouvait pas trop attendre, mon courrier officiel, je l'ai fait relire à Patrice pour éviter les fautes d'orthographe. Le papier disait :

Monsieur,

En déménageant nos bureaux de poste, nous avons retrouvé des cartons de lettres n'ayant jamais été acheminées à cause d'un mouvement de grève, il y a de cela bien des années. L'une vous était adressée. Veuillez nous excuser pour la gêne occasionnée. Jointe à ce mot officiel (cf. le tampon), vous trouverez la lettre en question. On espère que votre adresse est toujours valable.

Signé : La Poste.

C'était un véritable coup de génie qui m'avait tricoté la cervelle pendant toute une soirée. À côté, j'ai rédigé une lettre, pas officielle celle-là. Il s'agissait juste d'apaiser l'esprit de monsieur Alexandre, ce brave type. J'ai écouté des enregistrements de personnes parlant russe, puis, avec mon esprit qui flottait dans ces nouvelles sonorités, j'ai écrit une page entière en n'oubliant rien de l'accent qui épongeait mes oreilles.

Bonjourrrr,

Je suis Marrrinaa Tsvetayevaaaaa. Tout le monde crrroyait que je suis morrrte mais ce n'est pas vrrrai. Je souis là. Je souis une femme trrrès vieille. Je voulais savoirrrrr si madame Helias était encorrrre en vie. Je l'ai connue dans les années 1920, par-là, peut-êtrree un peu plousse, peut-être un peu moins. Je venais pour les nouvelles. Madame Helias, si tu me lis, tu étais trrrrès charrrrmante, avec beaucoup d'humourrrr. Et si c'est pas toi qui me lis, ta merrre c'était quelqu'un de très charrrmant. Les verrrs que j'ai écrits ils étaient pas tous pour elle mais peut-être que certains si. Je suis une vieille femme, je me souviens plus trop. Mais une grande amie à moi, madame Helias. Trrrès charrmante. Et si c'est pas madame Helias qui me lit, il faut savoir que ta mèrrre c'était aussi quelqu'un de trrrès librrre et faut pas avoirrr de peine si tu sais pas pour ton pèrrrre, on s'en fout. D'accord ? Ça vaut pas le coup.

À plousse dans le bousse,

Marrrina Tsvetayevaaaaa

P.S. : Madame Helias ou toi qui me lis merrrci pour les lampadaires. Ça m'a fait plaisirrr de nombrrreuses années.

Pendant que Patrice relisait pour l'orthographe, je l'ai vu rire pour la première fois comme si quelque chose s'était débloqué dans son thorax. Je ne pensais pas que c'était si drôle. Quand il s'est un peu calmé et essuyé les yeux, il a caressé son crâne tout chauve et a dit en penchant la tête en arrière : « Sacrée Marina. Si elle n'existait pas, on devrait l'inventer.

— Sacrée elle », j'ai répété.

Et puis j'ai pensé à ma mère qui venait de louper une glorieuse rigolade.

39

Depuis qu'Alexandre avait rencontré maman, je me sentais plus libre lors de nos après-midi. Non pas que j'aie voulu renoncer à mes amis secrets, mais plutôt que ça m'arrangeait si Alexandre pouvait revenir dans notre salon et amuser maman avec ses histoires qu'il savait raconter drôlement bien. Je me demandais s'il avait reçu la lettre de Marina. Il ne m'en a pas parlé en tout cas. Je lui ai dit que tout de même j'étais content que maman qui courait toujours partout se repose enfin. Mais est-ce que ça pouvait durer longtemps, les siestes des adultes ? Elle avait déjà passé quatre jours entiers allongée, se levant seulement pour piocher dans un vieux stock de canettes de coca que ni elle ni moi ne nous rappelions avoir, et aussi pour aller aux toilettes. Alexandre m'a demandé si je voulais qu'il vienne à la maison ou qu'il appelle un médecin. Je lui ai dit : « Pas la peine, elle fait une petite pause. Elle en a bien besoin : c'est à cause des gens qui lui pompent l'énergie. »

J'ai eu une question pour Alexandre, qui sait tant de choses. Est-ce que les parents de Beatriz et Marina auraient pu se croiser quelque part dans leur exil ? On a ouvert le livre que maintenant j'avais toujours sur moi, dans mon sac, qui contenait aussi la caméra, et Alexandre m'a montré un point sur la carte, près de la Moyenne Volga, à Saratov. Il m'a dit que là, mille cinq cents enfants espagnols avaient été accueillis et choyés dans des maisons spéciales pour être à l'abri de la guerre civile.

L'auteur du livre était un photographe espagnol qui vivait en Russie. À la fin, il arrive à Vladivostok et rencontre Anita, une femme d'une soixantaine d'années. Quand elle avait six ans, elle a fait partie de ces mille cinq cents enfants envoyés en URSS pour ne pas mourir de la guerre civile espagnole. Elle a été séparée de ses frères et sœurs et s'est retrouvée dans une maison pour enfants, à Saratov. Il y a des photos de ses mains. Ça me donne envie de chialer, les veines qui veulent sortir du corps sur les mains des vieux.

À la fin du livre, les ratures de madame Helias deviennent plus frénétiques, il y a même un trou sur l'une des photos : la mine d'un Bic noir trop fortement appuyée. Madame Helias n'a pas trouvé Marina dans tous ces visages éparpillés. Elle a gribouillé les visages d'hommes ; Marina n'en faisait pas partie. Aux femmes, elle a dessiné des yeux plus grands, un nez plus fin. Madame Helias voulait reconstituer une rencontre qui n'a peut-être jamais eu lieu. Seule la dernière photo est intacte. Ce sont les mains d'Anita, épaisses et rugueuses. Elles sont striées de rides qui me font penser aux affluents d'un fleuve qui n'aboutirait jamais, la Volga peut-être. Je vois dans ces mains croisées et dans toutes ces lignes les questions qui ne tarissent pas. J'entends celles d'Alexandre, la folie de sa mère. Je vois la vie de mouvement de Beatriz. Je me rappelle ses mains fragiles que j'ai tenues le dernier après-midi à l'hôpital.

40

Je faisais à nouveau mes devoirs comme un garçon qui ne veut pas rajouter des ennuis au lot que la vie nous donne déjà, quand j'ai entendu maman m'appeler avec une voix faiblarde. J'ai eu l'impression qu'elle me parlait du fond d'une grotte. Peut-être qu'elle avait fini sa sieste ? Je suis allé la voir sans tarder et elle m'a demandé de l'aide pour se lever, il fallait qu'elle se rende à la cuisine pour manger quelque chose. Avant d'y arriver, elle est juste tombée sur le parquet, sans connaissance.

J'ai couru vers le téléphone et appelé le dernier numéro que nous avions composé. Alexandre a répondu immédiatement : « J'appelle le Samu pour qu'ils puissent aider ta mère et j'arrive. » J'étais paniqué. Ce ne sont pas les tableaux à double entrée des cours de maths qui sont utiles pour faire revenir sa mère à la vie. Je l'ai mise sur le côté comme j'avais vu une fois ou deux dans les films, mais je n'étais pas sûr, j'avais peur de mal faire. Combien de temps est passé, je n'en sais rien. Je ne pouvais pas m'arrêter de pleurer à côté de maman qui était toute inerte. Alexandre et le Samu sont arrivés en même temps. En leur ouvrant j'ai murmuré : « S'il vous plaît, sauvez-la sinon je saute de l'endroit le plus haut que je trouverai. » Ils se sont dirigés vers ma mère, toujours par terre, dans le couloir. Ils l'ont mise sur le côté d'une autre façon que ce que j'avais pensé. Ce n'était qu'un malaise, une perte de connaissance liée au manque d'alimentation des derniers jours. Ils ont posé des questions à Alexandre, comme si c'était lui qui pouvait nous sauver alors qu'avec maman ça faisait des mois qu'on pataugeait dans cette merde. Ça m'a mis en colère qu'il réponde aux questions comme s'il avait été là. Encore un cosmonaute avec des mots plus gros que le ventre. Le Samu est resté longtemps, quarante-huit minutes. J'ai entendu le chiffre lorsqu'ils rédigeaient leur rapport. Maman s'est réveillée encore sonnée mais pas si étonnée de voir tous ces inconnus à la maison. Elle m'a dit : « Désolée » en premier et j'ai senti à ses yeux qu'elle voulait plus recommencer ses bêtises. Comme elle avait l'air sincère et en colère contre elle-même, je me suis dit qu'avec un peu de chance la casserole que j'avais bousillée à cause de la première fournée de pâtes ne serait même pas un sujet d'engueulade. On s'est fait un câlin pendant que l'autre bande de cosmonautes décidait de ce qu'il fallait faire. Je me suis levé et je leur ai demandé de partir parce que ma mère se sentait fatiguée et qu'il fallait qu'elle se repose et que tout irait bien parce qu'elle allait se nourrir à nouveau normalement. Alexandre m'a aidé à les mettre dehors puis il est parti à son tour en me répétant que je pouvais l'appeler en cas de besoin. Maman l'a remercié mille fois et lui a promis que, quand les choses se seraient un peu calmées, dans des circonstances plus favorables, ils parleraient plus longuement, après ma représentation cinématographique par exemple. Il pourrait revenir boire un thé à la maison.

Le soir, avec maman, pour qu'on aille mieux tous les deux, on s'est dit qu'il faudrait qu'on ait des projets pour pas laisser le vide trop nous grésiller le cœur. Je lui ai dit que j'avais déjà des projets, moi, aspirant successeur de monsieur Chabrol, comme m'appelle Patrice au centre culturel. En termes de carrière, Chabrol valait bien une armée de mille mouches; c'est ce qui s'appelait monter en grade. Elle a souri, comme si elle était fière de moi.

En me brossant les dents, je regardais couler le sablier orange. C'était un peu comme ça que je voyais mon film. Quand quelqu'un avait soudain laissé se répandre la grosse tache sur Beatriz, ça l'avait vite emportée. Mais moi avec le film je pouvais décider de la vitesse de mon deuil, lui donner un début et une fin. C'est moi qui dictais à la mort quelle vitesse elle pouvait prendre. C'est moi qui retournais le sablier pour écouler mes tristesses. Avec mon court-métrage, la mort ne durerait que quelques minutes. Il y aurait un écran noir au début, un écran noir à la fin, et ce noir qui nous brouille dans la caboche ce serait comme des guillemets qui crient que c'est pas la mort qui me commande. Cela ne résistait de toute façon à aucune logique. Si la mort me commandait et que moi je décidais de reprendre du service et de lever des armées entières de mouches, connues pour butiner les cadavres, c'était le serpent qui se mordait la queue. La mort n'est rien face à une armée de mouches qui en quelques frottements de pattes peuvent faire disparaître les cadavres.

La mort fait peur à tout le monde sauf aux mouches. Et les mouches n'obéissent à personne sauf à moi. Pour les informations pratiques sur les mouches et les cadavres, le mieux aurait été de demander aux pharaons que j'avais vus à la télé avec leur pendentif autour du cou. En tout cas, moi qui commandais les mouches, je décidais que la mort devait rentrer dans sa niche le temps de mon film. Il ne pouvait pas en être autrement. C'était rassurant pour notre peine avec maman, ça. On ne pouvait plus être ébranlés par la mort sans que je le décide. Ou seulement si les mouches étaient au repos. Quoi qu'il en soit, on allait avoir du répit.

Avec les fruits pourris tout jonchés dans son jardin, il arrivait à mamie de faire des confitures dans des boîtes de conserve qui empêchaient le visqueux de moisir. Eh bien c'est quelque part entre le sablier et les conserves que je voulais suspendre tout ce craquelé dans mon cœur. Il y aurait le film, comme un bocal au couvercle bien vissé avec le deuil à l'intérieur. Les conserves c'est pareil que les adultes qui disent « l'espace d'un instant ». Ça dépassait complètement la logique des choses, mais c'était une histoire d'attraper le temps qui nous était tombé dessus comme un gros drap, une histoire de le rouler en boule et de refermer vite la boîte. Quand j'ai eu fini de me brosser les dents, j'ai ouvert mon carnet de cinéaste et sur la première page j'ai écrit *Deuil en conserve*. Ça m'est venu naturellement. J'ai montré le carnet à maman. Sans parler des mouches. La confiture de mamie lui a suffi pour comprendre.

Je lui ai fait promettre qu'elle négocierait avec le boulot pour être sûre de venir à la projection de mon film. On a de la chance de s'avoir, maman et moi. Si vraiment elle était partie tout à l'heure rejoindre Beatriz, si elle m'avait abandonné là, je crois que moi aussi j'aurais jeté mes armes pour mieux leur courir après.

41

Je n'arrivais pas tellement à dormir avec les événements de cette dernière semaine. Je pensais à la sieste de maman qui s'était terminée par le Samu et qui aurait pu finir d'une façon encore pire. Ça m'a grésillé le cerveau, cette éventualité. Je me suis levé pour aller chercher un verre d'eau. Sur le balcon, j'ai surpris maman qui avait rallumé une cigarette. Du salon, un grain de poussière d'étoile scintillait au bout de ses doigts. Maman a senti ma présence. Elle s'est retournée et m'a dit avec un enthousiasme qui n'a pas suffi à cacher sa grande fatigue : « Au dodo, loustic. » Je craignais qu'elle se brûle avec l'étoile qui avançait le long de sa clope. Je lui ai dit : « Attention, maman, le feu au bout des doigts. » Elle a écrasé sa clope dans le cendrier et m'a raccompagné dans ma chambre. Je lui ai dit que je ne pouvais pas dormir avec ces idées qui bougeaient tout le temps dans ma tête. Je lui ai proposé qu'on s'installe tous les deux dans ma chambre et qu'on ouvre ensemble le grand livre d'Alexandre.

On s'est assis sur des petits tabourets et on s'est embarqués tous les deux à Olkhon, une île au milieu du lac Baïkal. Il y avait des grottes de glace. J'ai demandé à maman si elle pensait que scientifiquement on pouvait infiltrer des glaçons dans les poumons de quelqu'un, pour qu'ils s'accrochent aux choses encombrantes qui n'ont rien à y faire, des nodules par exemple, et qu'ils empêchent leur progression. Mais ça lui paraissait compliqué. J'ai étudié avec attention les grottes de glace. Il y avait aussi un temple chamane avec des rubans colorés qui volaient dans les yeux du lac. Je suis sûr que Beatriz aurait adoré ce livre, ce train plein d'histoires et de légendes. On y trouvait une photo d'un monsieur coiffé d'une chapka, un gros chapeau en fourrure, qui fumait la tête rougie par le froid et ses yeux semblaient en savoir beaucoup. Il y avait dedans plein d'esprits qui dansaient.

Ce qui me plaît à Olkhon, c'est que l'auteur raconte que les habitants de l'île parlent à la nature et aux animaux, et protègent le lac du monde. Le Baïkal, le plus grand glaçon de la Terre, est une immense couverture givrée qui enveloppe tout au milieu de la forêt. Je ne l'ai pas dit à haute voix, parce que même si j'ai raison je sais que ça inquiète maman. Elle n'aime pas me voir observer avec minutie les striures dans l'écorce des arbres et les insectes qui s'y nichent. Mais moi j'ai compris que je ne suis pas fou à écouter comme ça les arbres et les oiseaux. Je ne suis pas fou, puisqu'à l'autre bout de la planète, vers l'est, à des jours de train de chez moi, il y en a d'autres qui se taisent pour écouter ce que disent les saisons.

42

J'avais hâte de retourner au centre culturel pour présenter mon idée finale à Patrice et qu'on voie ensemble comment on pourrait réaliser tout ce bazar. Alors le samedi Patrice a ouvert l'atelier rien que pour moi. On s'est installés devant des ordinateurs qui ont mis bien moins de dix minutes à s'allumer. En transférant les sons de l'enregistreur à l'ordinateur, on a retrouvé mes montagnes. Il y avait entre les sommets des crevasses qui semblaient dangereuses. Comme une respiration qui s'éteint. J'ai senti un froissement dans mon vide en pensant aux crevasses et aux machines à oxygène qui finissent par bipper trop fort quand elles ne peuvent plus rien. Mais je n'étais pas mécontent que les montagnes aient pu me rester dans les yeux quelques secondes avant de me faire sentir au fond des tripes l'écho d'une voix essoufflée qui n'en peut plus. Je me suis dit : bravo, Noé. Dis donc, ces lignes tremblotantes ne t'ont pas évoqué tout de suite les poumons de Beatriz. On dirait qu'on se répare.

J'ai trouvé ça magique, ces voix qu'on pouvait déplacer sur l'écran, superposer, couper, accélérer ou mettre en boucle. J'avais l'impression de tisser une histoire avec des voix en guise de fil, sans oublier qu'il manquait encore les images qui, elles aussi, vaudraient le détour. J'ai demandé à Patrice comment on ferait pour rajouter la vidéo et comment on pourrait s'y prendre pour le cosmonaute de la scène finale auquel il était hors de question que je renonce. J'ai des exigences d'artiste, moi. Je suis sûr que monsieur Chabrol aussi refusait de renoncer.

Patrice a écarté l'idée d'écrire à la Nasa. C'est vrai que ni lui ni moi ne parlons si bien anglais. À la place, on s'est dit qu'on pourrait fabriquer un petit cosmonaute en argile, ou le dessiner. « On part sur de l'argile », j'ai tranché. Comme les petites planètes de Beatriz. Dans les placards du centre, il y avait une étagère réservée aux ateliers manuels et Patrice m'a dit qu'on devrait y trouver de quoi faire. Je pourrais même prendre un peu d'argile pour chez moi et demander à ma mère de m'aider. On a encore monté quelques sons, il fallait bien agencer la voix des oiseaux et le bruit des humains, puis on est partis en quête de l'argile. Il y en avait tout un stock et on était ravis. J'en ai emballé soigneusement un peu dans un sachet puis je suis rentré à la maison.

Comme tous les samedis, maman sortait du travail vers 13 heures. J'ai décidé de lui préparer à manger puis de l'attendre bien habillé. J'ai retiré mon jogging et enfilé un pantalon tout droit, celui que d'habitude je ne mets jamais sans râler. Maman en a marre de me voir tous les jours en jogging, elle me le répète souvent. D'après elle, ce n'est pas un habit. Je lui réponds toujours que si, c'en est bien un, la preuve, je pourrais sortir à poil, qu'on voie un peu si elle ne préfère pas que je sorte en jogging qui n'est soi-disant pas un habit.

À son retour, maman m'a remercié pour la table et le repas. J'avais mis l'eau et les pâtes dans le bon ordre alors avec un peu de sauce au pesto (et des chips croustillantes pour ma part). Ce n'était pas mal du tout. Ensuite je lui ai expliqué que j'avais bien avancé le matin au centre avec Patrice et que j'avais même rapporté de l'argile pour nous deux, pour faire des cosmonautes. Elle m'a regardé avec des yeux où se mélangeaient « Mais qu'est-ce qui lui est encore passé par la tête à ce gamin ? » et « *Why not*, si ça peut faire passer le temps ». Je lui ai dit : « Reste tranquille, je me charge de débarrasser et d'apporter le matériel. » J'ai tout rangé, je lui ai préparé une tisane, un pisse-mémé comme elles disaient avec Beatriz. J'ai remis les sets de table pour pas dégueulasser en dessous et pour couper l'argile j'ai pris le couteau à pain. Ça, je l'admets, ce n'était peut-être pas la meilleure idée. Mais bon, on fait avec les moyens du bord. J'ai aussi apporté la radio de Beatriz : on l'a allumée sur la dernière station, c'était une émission de jazz, ça nous convenait à tous les deux. Qui sait, peut-être bien que les cosmonautes écoutent du jazz eux aussi, sous leur gros casque ?

Il restait sur le couteau à pain quelques bouts d'argile encore frais. Je me suis approché du visage de maman et lui en ai collé un grain, là, au-dessus du sourcil droit. Exactement aligné au nord de la fin de la narine si on prenait une équerre qui partait des oreilles. Il y en avait encore pour moi, de ces grains de beauté mal moulus qui tombent du ciel et se déposent sur la peau. J'ai appuyé fort sur ma joue pour y incruster ce petit bout de terre. Comme pour être sûr de bien reboucher mes écluses.

Maman s'est occupée des bouteilles à oxygène qu'on voulait coller au dos de notre bonhomme, et moi j'ai fait le gros cosmonaute bien épais et je lui ai mis un bras en l'air. Puis avec un cure-dents j'ai strié ses vêtements. J'ai rajouté une grosse boule de terre que j'ai un peu affinée sur le devant pour le visage. Notre cosmonaute était prêt.

En attendant que maman allume l'ordinateur et cherche comment faire sécher tout ça, j'ai regardé par la fenêtre les ombres sur la façade voisine. J'aime bien notre appartement malgré le papier peint moche. On vit tout en haut, et dehors à droite de la fenêtre du salon il y a un grand mur. Les ombres des oiseaux qui viennent se percher sur la tour à gauche s'y projettent. Souvent, je me dis que ce serait beau de capturer ces ombres et qu'elles restent à jamais gravées sur l'immeuble. Cette fois, ça m'a donné une idée. On avait déjà renoncé à la Nasa et je crois que je n'aurais jamais eu le temps d'apprivoiser un oiseau et de lui demander pour les besoins de mon film de porter dans son bec mon cosmonaute d'argile qui serait pendu au bout d'un fil. Et puis il y aurait eu des risques de casse. À la place, j'ai décidé d'attendre et de consigner dans mon carnet de cinéaste le temps qu'il fallait aux ombres des oiseaux pour caresser toute la façade. Je suis allé chercher le petit chronomètre rouge que j'avais eu pour mon dernier anniversaire, à une époque où je voulais tout mesurer. Évidemment, les oiseaux, ça les a intimidés mon chrono. Pendant dix minutes il n'y a eu aucune ombre. Et puis je l'ai vue, une espèce de mouette qui était perchée sur un petit arbre et qui s'apprêtait à décoller pour rejoindre le haut de l'immeuble. L'ombre a mis du temps à arriver ; la lumière était faible en cette fin d'après-midi. C'est à ce moment-là que maman est revenue pour me dire que le mieux était d'attendre que le bonhomme en argile sèche tout seul avant de le mettre au four. J'avais dessiné la façade sur une feuille pour tracer la trajectoire de l'ombre quand un oiseau partait à telle heure de tel arbre. J'ai dessiné une espèce d'arc de cercle. Les oiseaux sont prévisibles, et ça m'arrangeait bien. Par chance, avant que la lumière ait trop sombré, un autre oiseau a fait le même trajet, sans doute une voie fort navigable pour les mouettes du samedi. Les deux trajectoires se répondaient. D'ici une semaine, quand le cosmonaute aurait séché, j'aurais ce qu'il faudrait pour réaliser ma scène finale.

43

La séquence du cosmonaute mise à part, mon film touchait au but. Pris d'impatience, j'ai tenté un premier montage. J'étais heureux de pouvoir enfin agencer mes images. Ça avait de la gueule. Mais quand j'ai voulu y intégrer la symphonie que m'avait apportée Alexandre, l'écran est devenu tout noir. Mes poumons se sont rétractés et j'ai porté ma main à ma bouche. J'avais envie de pleurer. En voyant le message d'erreur, j'ai cliqué sur « confirmer » comme un idiot, un incapable qui ne peut rien réussir dans la vie : je venais de saboter mon montage qui prenait enfin forme après trois heures de travail.

Il faut croire que j'ai vraiment été fini à la pisse, comme disent parfois les trouducs à l'école. Voilà mon écran retourné à l'origine ; il ne ressemble à rien. On dirait moi, cet écran vide qui me propose de créer un nouveau projet comme pour me narguer. Je n'ai plus de place pour les projets. Moi aussi je suis saturé des neurones, tout couaqué dans la poitrine à cause de ces conneries.

Pour la première fois depuis longtemps ce n'était pas Beatriz qui me donnait envie de m'écluser. Je me suis senti inexistant face à cet écran qui continuait de me rigoler à la figure. C'est pas drôle d'exister. Je n'en suis pas capable je n'en peux plus. Ce film, c'était trop pour moi et tout le monde a eu tort de croire que j'allais réussir. C'est pas grave, je vais gérer mes couteaux et mes vides comme je peux. J'ai essayé de me taire dans ma tête, de faire vœu de silence absolu pour que les idées que je ne voulais pas avoir arrêtent de siffler comme si de rien n'était alors qu'en effet rien n'était plus.

Comme une personne responsable, je n'ai pas été dramaturgique trop longtemps car Pierre qui roule n'amasse pas mousse. Je n'ai jamais vraiment compris l'expression mais en bref, tout en ne m'appelant pas Pierre, j'ai senti qu'il ne fallait pas m'arrêter si je voulais finir ce petit film. Avant de me remettre au travail, j'ai regardé ma collection de boules à neige et secoué celle que Beatriz m'avait rapportée de Barcelone. Puis j'ai mis en fond sonore l'album *Porque te vas*, de Jeanette, et j'ai fredonné tant bien que mal cette langue espagnole qui faisait comme du sable dans ma bouche.

Hoy en mi ventana brilla el sol
Y el corazón
Se pone triste contemplando la ciudad
Por qué te vas ?[1]

C'était une chanson de la même taille que ma tristesse, en forme de soleil qui ne pourrait jamais disparaître.

1. Aujourd'hui à ma fenêtre le soleil brille / Et le cœur / Devient triste en contemplant la ville / Pourquoi pars-tu ?

Como cada noche desperté
Pensando en ti[1]

C'est un chagrin de toutes les nuits (comme au temps jadis où j'étais général) et de tous les jours, qui me colle au corps en permanence.

Junto a la estación hoy lloraré igual que un niño[2]

J'aime bien que le niño soit une référence pour parler de chagrin, c'est perspicace, comme on dit. Mais, si je peux me permettre, je préfère mon cimetière à une gare pour purger mes écluses. Tranquille pépère solo, le niño.

Todas las cosas que quedaron por decir
Se dormirán[3]

Elle me tient compagnie, la tristesse.

Todas las horas que quedaron por vivir
Esperarán[4]

Elle est là.

1. Comme chaque nuit je me suis réveillée en pensant à toi.
2. Près de la gare je pleurerai comme un enfant.
3. Toutes les choses qu'il restait à dire / S'endormiront.
4. Toutes les heures qu'il restait à vivre / Attendront.

44

Il me restait à faire la partie la plus difficile, celle avec l'oiseau qui ramène dans son bec les cosmonautes pour leur montrer qu'ils ne servent à rien tout là-haut. J'ai pensé à cet homme et sa vraie famille et ses vrais enfants, qui ne mérite pas autre chose que je me fiche de lui. J'ai pensé à ses regrets quand il verrait que son absence et ses promesses vaseuses n'auraient rien empêché. Peut-être qu'il s'en foutrait ou peut-être qu'il se dirait : merde, en effet, il a fait avec l'absence.

J'ai accroché en haut de la baie vitrée un anneau dans lequel j'ai passé deux fils en nylon que j'ai noués aux bras du cosmonaute. La lumière était parfaite. C'était le contre-jour. On voyait comme une ombre sur le mur. Je suis resté là, à tenir en l'air mon cosmonaute en argile en observant les oiseaux. J'attendais un départ groupé pour activer ma caméra. Il fallait que se croisent la silhouette noire du cosmonaute et l'ombre que laisseraient les oiseaux sur le mur. J'ai manqué le premier départ, mais au bout de vingt minutes à guetter le bon moment j'ai réussi à avoir sur le même plan l'oiseau et le cosmonaute. En tirant plus fort sur le nylon pour qu'on ait l'impression que l'ombre de l'oiseau tenait ma petite sculpture par le fil, le cosmonaute s'est détaché. Il est tombé proprement. Il s'est brisé en deux. Peu importe. L'essentiel était dans la caméra. C'était l'idée même du cosmonaute qui m'intéressait, et je n'avais rien à faire du personnage en argile. Je l'ai mis à la poubelle sans le moindre pincement au cœur, heureux même de le voir se fondre dans les autres déchets. Évidemment qu'il devait finir à la benne ! Les bacs de recyclage n'ont que faire des cosmonautes insouciants. Et moi non plus.

45

J'ai fait signer à maman le mot que je m'étais pris en maths : *Noé ne répond pas : il regarde par la fenêtre, n'écoute rien, n'écrit rien. Il faut sans cesse lui rappeler de sortir ses affaires. Ce genre de comportement n'est plus acceptable en classe de cinquième.* Elle a signé sans rien dire mais j'ai senti à sa façon de hausser ses sourcils qu'elle aussi elle avait mal à sa déchirure.

Puis elle m'a dit qu'elle voudrait bien qu'on y aille tous les deux, là-bas, dans le Sud, au pied des montagnes espagnoles. Ça me donnait le tournis de me dire que de longues heures de bagnole nous feraient descendre vers les montagnes et qu'une fois là-bas on devrait lever la tête pour voir le village de la mère de Beatriz. À quoi ça sert de mettre des montagnes devant le regard quand il y a déjà tant de vide à l'intérieur ? Maman m'a dit : « Toi et moi, on pourrait visiter le cimetière de Beatriz. »

Je me suis approché d'elle et j'ai posé ma tête sur son épaule. On s'est tenu les mains. J'ai pensé aux boîtes de conserve et à toute la peine qu'on avait maman et moi, toute cette peine que je ne laisserai pas pourrir sans rien faire. Je voulais en déposer deux, des boîtes de deuil en conserve, devant la tombe, histoire que Beatriz sache que maman et moi on n'avait pas chômé tout ce temps avant de venir la voir.

J'ai serré plus fort la main de ma mère puis j'ai fermé les yeux.

46

J'ai pris une douche. C'est peut-être ce que font les généraux à la veille des grandes batailles. Seulement quand la guerre est inscrite sur leur emploi du temps, bien sûr. S'il est certain qu'il doit arriver aux généraux de prendre des douches, je me suis tout de même demandé ce qu'ils pouvaient bien faire quand ils étaient à poil en train de se savonner. Je ne m'y connaissais pas tant que ça en matière de généraux mais j'avais à peu près une idée de la tête de de Gaulle, qu'on a foutue à pas mal d'endroits dans mon manuel d'histoire. Rien sur ses heures de douche, en revanche, ce qui est tout de même un oubli majeur pour la mémoire des générations futures. Les gens disent qu'on chante sous la douche mais d'après ma théorie ils racontent n'importe quoi. Il faut une bonne dose de confiance dans l'existence pour piailler sous un jet d'eau. Cela dit, ces gens-là disposent peut-être d'une isolation sonore de qualité pour brailler en paix sans déranger les voisins. Malheureusement pour moi, notre salle de bains est loin d'être un bunker avec son plafond qui se fait la malle. Je le vois bien, le Général, portant son pommeau à ses lèvres et déterminé à ne pas se laisser abattre.

Accroupi dans la cabine, j'ai donc imaginé de Gaulle prenant une grande inspiration pour faire son discours : « Françaises, Français », *et caetera* avec sa voix du temps jadis qui devait drôlement résonner dans sa salle de bains. Fallait que je me renseigne sur cet homme, tout de même, si je m'apprêtais à l'imiter dans ma cabine pleine de buée. Je devais me dépêcher, d'ailleurs, parce qu'il commençait à y avoir un sacré brouillard de chaud autour, ce qui voulait dire que j'allais très vite entendre maman me dire : « Noé, arrête de rêvasser, sors de la douche. Ça fait vingt minutes que tu y es. »

Je me suis redressé pour me donner un peu de force. J'ai rassemblé mes esprits et j'ai dégagé les fourmis qui me couraient dans les jambes. J'ai chuchoté parce que l'acoustique était vraiment pas terrible et que, piaillement ou non, il ne fallait quand même pas que les voisins m'entendent. J'ai pris une grande inspiration : « Françaises, Français. » Je n'ai pas osé dire : « Mes bien chères mouches » malgré la furieuse envie que j'en avais. Même en chuchotant j'avais peur que les voisins découvrent mes secrets. « Françaises, Français, pour demain je vous dis merde. » En langage codé du temps jadis où c'était moi le général, ça voulait dire « bonne chance ». Après avoir haussé trois fois les épaules comme pour me convaincre que ma bataille du lendemain ne serait qu'une simple formalité, j'ai remis le pommeau en place et je suis sorti de la salle de bains avant que maman soupçonne quoi que ce soit.

47

J'étais tout stressé. J'avais l'impression que deux mains me suspendaient au-dessus d'un gouffre très profond et qu'au moindre coup de vent elles me lâcheraient. Mes jambes n'étaient pas super solides, j'étais terré au fond de moi-même, perdu dans ma coquille. Patrice m'a ébouriffé les cheveux et, en désignant le vidéoprojecteur, m'a dit : « Ça va être super, mon grand, les gens vont adorer ce que tu as fait. » Sauf que les gens n'étaient pas là. Maman était arrivée en avance mais il n'y avait pas grand monde à part elle et les autres élèves de l'atelier. Elle m'a fait coucou de loin. Moi je me rongeais les ongles à cause de l'angoisse, d'avoir tout donné et de craindre que peut-être personne n'y comprendrait rien. De ne pas avoir fait le pitre, d'avoir été au plus proche de mes questions au fond de mes failles et que peut-être ça ne toucherait personne, ça ne les effleurerait pas. Peut-être qu'ils diraient, c'est pas mal. Qu'ils ne comprendraient pas que le mot de la fin c'était un adieu à Beatriz. D'autres gens ont fini par arriver, monsieur Alexandre et mamie aussi. C'est maman qui l'avait invitée. J'ai pensé : *why not*, comme on dit. Il y avait encore quelques sièges de libres. Ça pourrait servir si mon père débarquait.

Mon film était projeté en troisième position. Le premier, c'étaient les lettres qu'échangeaient deux adolescents qui voulaient mourir d'amour l'un pour l'autre, un grand classique. Je n'ai rien compris à la deuxième projection, parce qu'une bulle de silence m'isolait déjà de mon environnement. Je me préparais ainsi au troisième film, le mien.

Ce n'était pas un court-métrage. C'était plus que de la course. C'était de la fuite en avant, de la fuite bien loin, un mouvement irrattrapable à des kilomètres devant quiconque aurait souhaité me poursuivre avec ses questions. Le fuite-kilométrage, on aurait pu dire. J'ai eu honte juste avant que ça commence et j'ai pris peur. Je me suis dit : ça y est, c'est fini. J'ai fait le tour des sièges et je me suis approché du vidéoprojecteur. J'ai regardé les fils qui serpentaient tout mêlés jusqu'à la multiprise. Il suffisait d'appuyer sur le bouton rouge pour que, oh, mince, il y ait une coupure de courant, une coupure de fuyant, je dirais même. En m'avançant, j'ai croisé le regard de Patrice, qui m'a demandé avec ses gros sourcils ce que je fabriquais, et je n'ai pas osé. De toute façon, ça avait déjà commencé alors j'ai affronté ce que j'avais fait. J'ai regardé la salle. Charlotte était installée à côté de sa mère sur les chaises restantes. Nos regards se sont croisés : elle m'a fait coucou en souriant puis a plissé les yeux comme le font les petites sœurs. Maman était belle dans sa robe qu'avant elle mettait pour les fêtes.

Alors j'ai fixé l'écran. J'ai vu les arbres et les oiseaux et la tache qui grossissait sur le scanner. J'ai vu le dos de monsieur Alexandre. J'ai vu l'oiseau et ma figurine de cosmonaute dans son bec. J'ai vu la photo de clown de maman et Beatriz. J'ai entendu les rires et notre musique symphonique. J'ai vu maman se pencher et chercher quelque chose dans son sac. Puis les sons de la vie sur la branche de l'arbre. Et finalement le silence. Maman qui pleure. La tache qui prend toute la place sur l'écran. La caméra qui s'éloigne de la tache soudain transformée en oiseau. Et l'oiseau qui s'envole, et le ciel violet, et le mot « fin ». C'était fini. Au diable les cosmonautes, et toi, Beatriz, *porque te vas*, au revoir.

ÉPILOGUE

Été 1926

L'aube pointait à peine quand j'ai aidé papa à décharger le bateau. Ernest était tombé malade et papa était tout seul. Comme une machine, j'ai répété les gestes qui m'avaient fait si mal au début. Je me souviens de ces douleurs dans le dos que j'avais ressenties les premières fois que j'avais soulevé des caissettes entières de sardines. J'étais encore petite le premier jour où je l'avais aidé. Le vieil Ernest m'avait dit : « Tu en as de la force dans tes bras de fillette. » Je ne m'étais pas plainte de ce corps qui me faisait mal. Ça m'avait donné du chagrin, ce mot, « fillette ».

Quand on a eu fini de décharger le bateau, papa est parti vers la conserverie et je me suis éloignée de la criée du port de Saint-Gilles. J'ai longé la côte en pensant que, plus tard, j'aurais peut-être moi aussi mon bateau et que je vivrais alors de la pêche et de la vente de sardines. Je n'avais pas envie comme maman de n'être qu'une ramendeuse : plutôt que de réparer les filets, je voulais partir en mer. Je me suis assise sur un muret. J'avais un peu de temps avant l'heure à laquelle maman me réprimanderait pour rêvasser dehors, moi qui devais aider à la maison.

J'aurais mon bateau et, toute petite dans l'étendue, chahutée dans les sursauts de la mer, je serais libre. J'étais seule. J'aimais bien être seule. Je balançais mes jambes dans le vide comme si je courais tout droit vers l'eau.

Je me suis mise à balancer mes jambes plus fort, sentant presque sur mes mollets rugueux la caresse des vagues. Quand j'ai levé la tête, la femme qui logeait cet été-là dans l'ancienne chambre de Jeannine était apparue à quelques mètres, arrivée sans un bruit. Elle paraissait comme possédée, lisant face à l'océan ce qui semblait être une lettre. Cela faisait deux mois qu'elle vivait avec nous sans beaucoup parler. J'avais une envie folle de savoir ce que contenaient ses carnets, mais jamais je n'avais osé lui adresser la parole. Je me sentais sale avec mes mains rougies par les cordes du filet de pêche.

J'ai respiré fort et, de loin, j'ai osé lui demander : « Vous m'apprendriez le russe ? Qui sait, je pourrais peut-être un jour vendre mes sardines là-bas, à l'Est. » Alors elle m'a dit : « C'est de l'allemand. — C'est une lettre ? lui ai-je demandé. — Une lettre de l'homme que j'aime par-dessus l'océan, m'a-t-elle répondu. On ne s'est jamais vus. C'est plus fort que ça. Il me dit que nous nous touchons par des coups d'ailes. Un grand poète. Le plus grand, Rilke. Celui qui émerge au-delà des non-hommes. » Elle a continué sa lecture et je suis partie. J'étais bouleversée et je ne souhaitais pas que maman me réprimande.

Le lendemain, j'ai voulu attirer son attention, pour qu'on discute et qu'elle me révèle ce que disait la lettre. Toute la journée, j'avais imaginé ce qu'elle pouvait bien écrire. Je m'étais coupé les ongles mais je sentais toujours la sardine. J'ai pris les grands ciseaux de cuisine et j'ai coupé ces boucles qui me dérangeaient tant. Maman lèverait les yeux au ciel et me trouverait désinvolte : je n'étais déjà pas très belle et voilà que je renonçais à mes cheveux qui d'une certaine façon cachaient mon visage un peu ingrat. J'aurais voulu ressembler à cette femme mystérieuse qui tremblait devant l'océan et écrivait la nuit. Je suis allée lui porter du thé que j'avais fait chauffer sur le poêle. Il y avait sur la petite table trois carnets et du papier à lettres. Elle m'a à peine remarquée, moi qui malgré mes efforts ne lui ressemblais en rien.

Marina, c'était son prénom, pleurait. Elle m'a regardée intensément. J'ai eu des frissons dans ma nuque désormais découverte. « Ici, je suis inutile. Là-bas, je suis impossible », m'a-t-elle murmuré.

Elle n'est pas sortie de sa chambre les trois semaines qui ont suivi. Je lui apportais les lettres qui arrivaient de Suisse ou d'Union soviétique en espérant qu'elle les ouvrirait devant moi. Jamais cela ne s'est produit. Un jour qu'elle était partie se promener, j'ai osé ouvrir l'un de ses carnets. Quelques mots français émergeaient de la graphie cyrillique qui m'était inconnue. Je ne maîtrisais, comme autre langue particulière, que le parler des pêcheurs sur la criée. En lisant ces mots qui pour moi ne signifiaient rien, j'ai pourtant cru connaître ses secrets. D'une certaine manière, nous étions liées, je le sentais plus fort encore que ne sentent l'eau salée de l'océan les mains de papa.

Un matin, quand je suis revenue du port, elle était repartie quelque part à Paris, brusquement, sans prévenir. Je ne savais pas où. Je n'étais jamais allée à Paris. Elle a tout emporté : ses carnets, ses lettres, les frissons dans ma tête quand j'imaginais ce qui pouvait bien faire pleurer une poète devant l'océan. J'ai senti mon âme fondre.

J'ai fermé les yeux très fort et je me suis mordu les lèvres. J'ai haï l'océan, les pêcheurs et les altercations sur la criée. Je me sentais calcinée de l'intérieur par cette rencontre qui n'avait pas suffisamment eu lieu. J'ai haï et j'ai pensé à Marina. Je me faisais une promesse. Cette âme impossible, un jour, je la retrouverais.

Conception graphique : Philippe Apeloig.
Composition : Utibi.

Imprimé par Grafica Veneta à Trebaseleghe (Pd).
Dépôt légal : août 2022.
Imprimé en Italie.

ISBN : 978-2-207-16530-0.

434475